JN088230

アルパカと魔法使い

理系上司の裏の顔は小説家でした

教山ハル

富士見L文庫

Alpaca and the Witch

My Logical Boss was Secretly a Novelist

Contents

一章　阿良川さん、装置がぴーぴーいってます

ランウェイはファッションモデルの戦場だ。

あくまで服を際立たせるために存在し、喋《しゃべ》ることも笑うこともないモデル達はその役割を最大限にこなしながらも、目線の一つ、歩き方の一つで己の個性を差し込んでいく。

華やかな光溢《あふ》れる細長い戦場。そこでの短い戦いを終えた彼女達を待っているのは——またもう一つの戦場だったりする。

常時二十人以上のスタッフでごった返すバックステージ。音楽と怒鳴り声とヘアスプレーが飛び交うカオスの中でモデル達は慌ただしく衣装を脱ぎ捨てる。必要とあれば下着さえも躊躇《ちゅうちょ》なく。細い首、長い太腿《ふともも》、キュッと上がった小さなお尻は同性の目にもドキリとするほど美しいけれど、呑気《のんき》に涎《よだれ》を垂らしている暇などありはしない。

フィッターと呼ばれるファッションショーの着替え補助の仕事は、いつかテレビで見たF1のピット作業とよく似ていた。頭の中は着替えの段取りで一杯だ。速く、正確に、丁寧に。間違ってもコース上でクラッシュなんて起きないように。

艶々の髪の毛に帽子を載せ、すべすべの背中をブラウスで包み、Tバックのお尻をスカ

ートに収め、長い足をブーツに突っ込む。帽子、バッグ、ブレスレット、アクセサリーの類は一つたりとも落とせない。デザイナーはミリ単位でトータルの印象を整えるから、小物一つの欠落が全てを台無しにしてしまうのだ。

「顔上げて。すごく可愛《かわい》い。楽しんで」

調整の済んだモデルにデザイナーが囁《ささや》きかける。デザイナーのいつもの儀式、わたしの大好きな瞬間だ。

彼らはまるで魔法使いだ。洋服という魔法をかけてモデル達を自在に変身させてしまう。時にクールに、時にコケティッシュに、時にチアフルに。印象だけでなく顔かたちや体型まで操ってみせるその手腕は、文字通り魔術的ですらある。

ファッションショーの主役はもちろんランウェイだけれども、舞台裏の魔法を目の当たりにする度にわたしの心は激しく震えた。

わたしもいつか、ああなりたい。

今はまだフィッターの学生アルバイトだけど、いつかは自分のデザインした洋服でモデル達に、いや、日本中の女の子達に魔法をかけるデザイナーという魔法使いに……。

ピ――――――――――――――――。

不意打ちの機械音がランウェイの妄想を切り裂いた。

白昼夢からの急転直下、現実への移行が急すぎて一瞬自分の居場所を見失う。

見上げると無機質な天井、四方を囲む無個性な壁、下に広がるコンクリート剝《む》き出しの床、正面に鎮座する量産型のPCモニターと厳《いか》めしい測定器。装飾や飾り気を極限まで排したプレハブ小屋──ああ、そうか。いつもの仕事場だ。

現実を認識した途端、耳をつんざくアラームが意味を持った。

「何？　どうしたの？」

大慌てで作業机を離れ、怪音の発生源へと駆けつける。

一人暮らしの洋服棚よりも巨大な装置、その前でわたしは顎を擦《こす》り、眉毛を擦り、最後に手を擦り合わせてみた。

どうしよう、できることが何もない。

巨大な冷蔵庫を思わせる装置前面の液晶パネルには、何かを訴えるかのようにアルファベットが明滅しているものの、それが何を意味しているのかさっぱりわからない。『ST3』、何のことだろう？　周りに配置されたボタンに触れる勇気もなく、部屋備え付けの内線電話の受話器を取り上げた瞬間に音は止《や》んだ。

怖っ。何で止まったの？　解決したのか、ST3問題？　でも、なんかガタガタしてるし。まさか、爆発したりしないよね？　逃げるべき？　電話するべき？　お願い、誰か来て。

「どうしました、川久保《かわくぼ》さん」

胸中の祈りに応えるようにプレハブ小屋の扉が開いた。

後光を背負って戸口に立っていたのは、神でもなく仏でもなくこんな時本当にやって来てくれる可能性のある唯一の人物。波多野《はたの》鉄鋼技術研究所不具合解析課主任・阿良川明《あらかわあきら》。三十二歳独身。わたしの職場の直属の上司である。

いや、違うか。わたしは派遣社員だから派遣先の……やっぱり上司？　それとも担当者というのかな？　まあ、とにかくわたしに指示をくれる人だ。いつも通りくしゃくしゃの白衣を纏《まと》い、いつも通り黒縁眼鏡を鼻にひっかけ、いつも通り寝癖のついた髪の毛が戸口のてっぺんを擦《こす》っている。

「あ、阿良川さん。助けてください。この装置が……」

「はい」

「えっと、この装置が……」

「はい」

「ぴーぴー言ってました！」

我ながら小学生のような語彙《ごい》だけれど、今は伝えることが先決だ。装置がぴーぴー言ってたんですよ、阿良川さん。

「はいはい、ちょっと拝見しますね」

阿良川さんはそんなわたしに呆《あき》れるでもなく、いつも通りの穏やかな笑みを浮かべると、

「うん。大丈夫です、何も問題ありません」

装置を一瞥《いちべつ》してそう言った。

「え、そうなんですか？　でも、あの、すっごい、ぴーって鳴ってたんですけど」

すっごく長い時間、傍《そば》にいて不安になるくらい鳴ってたんですけど。まだ心臓がドキドキしてるんですけど。

「ええ、大丈夫です。そういう装置ですから。川久保さん、この装置の名前を覚えていますか？」

「名前……メモ見ていいですか？」

「もちろん」

「えっと温度サイクル……シケン……ソウです」

「そうですね。ＭＩＴＡＢＡエイペック製温度サイクル試験槽です。上は二百度から下はマイナス五十度までの雰囲気を作り出し、中に入れたサンプルの耐熱耐寒試験を行うという、いわば冷蔵庫とオーブンを兼ねたような子なんです」

……子。こんなゴツイ機械を子ときたか。

「試験開始の際に川久保さんにも立ち会ってもらったので覚えていると思いますが、現在

この子は低温十時間高温十時間を一サイクルとして、千サイクルの試験を実施しています。今ちょうど低温の時間が終了したところなので、川久保さんが聞いたのはそれを知らせるアラームでしょう」

「そうなんですか？　じゃあ、早く高温になるようにセットしないと」

「いえいえ、手入力は必要ありません。プログラムは事前に組み込んでありますので温度は自動で移行します。現状我々にやることは何もないですよ」

「はあ、そうですか」

「安心しましたか？」

言葉で頭を撫《な》でるように笑顔で尋ねる阿良川さん。

「いや、でも……」

「でも？」

「でも、それじゃあ、あのアラームってなんのために鳴ってたんですか？」

「え……」

それまで歌うように流れていた阿良川さんの言葉がピタリと止まった。そして、ゆっくりと腕を組みしばし宙を見上げると、

「本当ですね。こんどメーカーに問い合わせてみます」

大真面目にそう言うのだった。

「いいですいいです。そこまでしてもらわなくても。問題ないならそれで良かったです。じゃあ、仕事の続きに戻りますね」

働き始めて早三か月になる波多野鉄鋼技術研究所、通称波多野技研の仕事は一事が万事この調子だ。

理系科目を大の苦手としてきたわたしには右を見ても左を見てもわからないことだらけなので、新たに一つわからないことが増えたくらいでいちいちつっかえていたらキリがない。ちなみにアラームのせいで中断されたこの作業も、指示された手順以外は意味不明だったりする。

作業机の上に置かれているのはお歳暮用の菓子折のような平たい謎の機械。謎の機械の前面からは二本の謎のケーブルが生えており、その先にはそれぞれ謎の洗濯バサミのような物がついている。それで針金のような謎の物体——試験サンプルの両端を挟むと、機械のパネルに謎の数字とアルファベットが表示される。それをレポート用紙に書き写して一個終了。謎の針金を取り外し、また次の謎の針金を取り付ける。

謎謎謎、全部謎。やっていることも記録している内容も全て謎ばかりだけど、

「ちょっと、失礼。データを拝見しますね……うん、リーズナブルな結果です。素晴らしい」

レポート用紙を覗《のぞ》き込む阿良川さんの目は、孫の習字を見守るおじいちゃんのようで見ていて和む。

「じゃあ、続きもがんばりまーす」

「はい、お願いします。ところで川久保さん、一点お願いがあるのですが」

「なんでしょう」

阿良川さんは好々爺《こうこうや》の笑みを苦笑いにスライドさせると、習字のトメハネを指摘するように、立てた人差し指をレポート用紙上部の破れに当てた。

ああ、そこ。やっぱりマズかったか。

レポート用紙の束から一枚ちぎる時に失敗して端が破れた。ほんの少しのことなので捨てるのももったいなく、そこら辺にあったセロハンテープを貼っておいたのだけれど。

「やっぱり、新しい紙を使った方が良かったですか？」

「いえ、そうではなくて。そのテープはカプトンテープといいまして、耐熱耐圧性に優れたテープなんです」

「へー、そうなんですか」

言われてみれば茶色の半透明で、どことなく普通のセロハンテープに比べて偉そうだ。

「試験用に特別良いものを発注していますのでセロハンテープ代わりに使われると、ちょっと。価格も一巻二万円程しますので……」

「――にまっ」

偉そうじゃない。実際に偉かった。わたしの派遣の給料三日分じゃないか。

「すみません！　まさかそんな高価なものだなんて知らなくて」

「謝らなくて結構ですよ、伝えていなかったこっちの責任でもあるのですから。次から注意していただければいいので気にしないでください」

無理無理無理無理。絶対に気になるし、絶対に謝る。

「ほんっと、すみませんでした！」

「謝る必要ないです。備品の価格なんてわかりようがないんですから。驚きましたか？」

「は、はい、ビビりました。なんでそんなに高いんですか。金でも練り込んであるんですか？」

「ははは、川久保さんは面白いことを言いますね」

ああ、よかった。笑ってくれた。一瞬『弁償』の二文字が頭に浮かんだけれど、何とか穏便に済みそうだ。

「金が混ぜ込んであったら耐熱性も耐圧性も台無しじゃないですか、ははは」

……なんか、笑いのポイントは少し違うけれどまあいいや。理系男子の阿良川さんの笑いのツボも、これまた一つの謎だった。

「金じゃないとしたら、なんでそんなに高いんですか？」

あ、しまった。キラリと阿良川さんの眼鏡が光った気がした。これは入れてしまったか、阿良川さんの理系スイッチ。

「そもそもカプトンテープというのは商品名であって分類上はポリイミドテープといいまして、その歴史を紐解《ひもと》くと――」

ああ、やめて、紐解かないで。そこは絡んだままでいいですから。

祈りも届かず、阿良川さんはレポート用紙の余白に図解まで描き始めた。こうなるともう止まらない。

理系男子の典型にもれず、阿良川さんも一度スイッチが入ると日が暮れるまで話が続くタイプだ。しかもそのスイッチがどこにあるのかわからないからやっかいで。この前何気なく買った缶コーヒーから始まったカカオの栽培の話は、確か二時間ぐらい続いたかなぁ。

「つまり、金を練り込むという発想はそんなに的外れでもないのです。ご存じかと思いますが、古代のエジプトでは――」

知らん知らん。現代エジプトにだって知ってることは一つもないよ。これはまたお話が長くなりそうな予感がびんびんするけれど、

――キンコンカンコーン。

昼のチャイムに救われた。ごめんなさい、阿良川さん。古代エジプトの話はまた今度と

いうことで。

「そうなんですつまり、近世の日本などは――」

嘘《うそ》、続行？　チャイム聞こえてないんですか、阿良川さん。お腹《なか》減ったよ、誰か来て。

「川久保ちゃん。大ニュースだよ、大ニュース！　さっき部長がさ……って、あれ何してんの、もう昼休みなのに」

来るからすごいな、この職場は。再び胸中の祈りに応えて戸口から顔を出したのは、綺《き》麗《れい》なロマンスグレーを七三に固めた田尻《たじり》課長。

「駄目じゃない、阿良川くん。休憩はちゃんと取ってもらわないと。法令違反になっちゃうんだから。ごめんね、川久保ちゃん」

「あ、いえいえ、そんな。へへへ」

拝むように手を立てる田尻課長に、息を吹き返す思いで笑みを返した。

さすがは管理職、時間の管理がしっかりしておられる。いつもスーツ姿の田尻課長は技術者軍団の波多野技研の中では珍しい、『おしゃべりで出世しました系オジサン』だ。いつもどこからか社内のゴシップを仕入れてはせっせと報告に来てくれる。正直、知らない部署の知らない人の噂《うわさ》話に興味は全くないけれど、今回ばかりは助かった。

「しまった、もうこんな時間でしたか。すみません、川久保さん。休憩入ってください、片付けは私がやっておきますので」

「だってさ。一緒に食堂行こう。それでさ、また営業の水野《みずの》くんが部長怒らせてんの。もうカンカンでさ」

「へー、そうなんですかー。じゃあ、お先に失礼しますね、阿良川さん」

水野さんって誰だろう。喋《しゃべ》り続ける課長の後に続いて席を立った。

さあ、ようやくお昼だ。

背伸びをしながら狭苦しいプレハブ小屋を出る。日の光に照らされたアスファルトの舗装路を踏むと、解放感が青空に突き抜けた。

日本有数の鉄鋼会社である波多野技研の敷地は広い。一つの町レベルの範囲にいくつもの実験棟や作業棟、倉庫、体育館までが立ち並び、ちょっとした王国の体をなしている。

王国民達は朝出勤するとまずは事務所に集まりパソコン回りの仕事を済ます。そして、短いミーティングの後各々の持ち場へ散っていく。お昼休みともなれば、たった一軒の社員食堂を目指して王国民がぞろぞろと列を作るのが恒例の光景だ。ブルーの作業着が連なる行列はさながら人の川のよう。わたしも河水の一滴として田尻課長の噂話に適当に相槌《あいづち》を打ちつつ、作業着のポケットをポンポンと叩《たた》き——あ、しまった。

そこにあるべきスマートフォンの膨らみがないことに気が付いた。

「あれ、川久保さん。忘れ物ですか？」

プレハブ小屋に戻ると、わたしの仕事の後片付けをしてくれていた阿良川さんが振り返った。昼休みが終わったらまた同じ作業の続きをするのだから散らかったままでもいいような気がするけれど、一仕事一片付けが波多野技研のモットーらしい。

「はい、机にスマホなかったですか？　野菜がいっぱい描いてあるカバーのやつ」

「ああ、これ。やっぱり川久保さんのでしたか。可愛《かわい》いケースですね」

机上のスマートフォンを手渡しながら阿良川さんが眼鏡の奥の目を細める。

「ありがとうございます。野菜柄ってなんか可愛いなって、即買いしちゃいました。なんで苺《いちご》が交じってるのかは謎ですけど」

「いや、苺は野菜ですよ」

「え、果物でしょ。苺ですよ？」

「いえ、誤解されがちなんですが苺は分類上野菜なんです。そもそも野菜と果物の区分は日本とヨーロッパで違うのですが農林水産省の定義では――」

うわあ、待って待って。ここで理系スイッチ入るのはまずいです、阿良川さん。ただでさえ昼休み遅れてるのに。

「古代ギリシアの哲学者は肉による汚染を忌避するあまり野菜と果物を主食としたという説があり――」

古代の話はもういいから。今現在の昼休みを大事にしてください。

「ほら見てください。ここの苺の隣に描いてあるアボカドも分類上果物になるのですが一般的には──」

人質《スマホ》返してください、阿良川さん。

＊

「あ、やっと来た。おーい、川久保ちゃん、こっちやでー」

社員食堂の隅の隅、女子校島と呼ばれるテーブルで箸箱がぶんぶんと揺れていた。

「今日も遅かったねー。また阿良川さんのトークが爆裂してたん？」

女子校島の主こと総務の美咲《みさき》さんは、娘さんとお揃《そろ》いで買ったというゆるキャラの弁当箱をつつきながら同情半分呆《あき》れ半分の顔で言った。

「ええ、まあ。いつものことなんですけどね──いただきます」

なるべく愚痴っぽくならないように笑みを返し、手を合わせて天ぷら蕎麦《そば》のエビ天にかぶりつく。

「千夏《ちか》さんかわいそー。うちらの休憩四十五分しかないからちょっとでも削られると痛いですよね。メイク直す暇もなくなっちゃう」

「あれ、わたしメイク乱れてるかな？」

「大丈夫。千夏さん可愛いですから」

わたしより数倍可愛い愛梨《あいり》ちゃんにそう言ってもらえると、お世辞とわかっていても心が解《ほど》ける。いっこ下だけど職場では一年先輩の愛梨ちゃん。総務のアイドルの鉄壁の前髪は、ヘルメットを被《かぶ》っても乱れないともっぱらの噂《うわさ》だ。

「いやでも本当に何とかなんないのかな、阿良川主任って」

向かいの席の真雪《まゆき》さんがベーグルサンドを齧《かじ》りながら眼鏡のブリッジを持ち上げた。人事部のベテランは機嫌が悪くなると眼鏡をいじる癖がある。今日も色々と溜《た》め込んでおられるご様子だ。

美咲さん愛梨ちゃん真雪さんの事務系トリオ、そこにわたしを加えた四人が女子校島のレギュラーメンバーだ。わたし以外の三人は全員正社員だが、極端に女性社員の少ない職場のため分け隔てなく接してくれるのがありがたい。

……のだけれど。

「ほんっと奇行がヤバいんだけど、あの人。この前書類届けに行ったら、なんか作業場で叫びながら飛び回っててさあ。声かけるの怖いから収まるまでずっと外で待ってたもん。何待ちなのよ、あの時間」

「わかるー。あの人関連の用事は時間かかるよなー。うちも総務に届いた宅配便わざわざ届けに行ったげたら無視よ、無視。何回名前呼んでも肩叩《たた》くまでシカトやもん。荷物全部燃やしたろか思ったわ」

「一回マイワールドに入っちゃったら周り見えてないんですよ、あの人。この前あたしが渡り廊下の端っこに立ってたら前から阿良川さんが歩いて来てぇ、なんかブツブツ独り言言ってるなって思ったらそのままぶつかってきたんですよ。あり得ないんですけど」

「マジかー。無理だわー。いつも寝癖ついてるし。服もいつも一緒だし」

「空気読まれへんしなー。せっかく配ったお土産一か月以上デスクに置きっぱなしにしとるし。あれアカンよ、気ぃ悪いわ」

……今日も嫌われてるなあ、阿良川さん。

飛び交う陰口から身を引くようにお蕎麦を啜《すす》った。一時期テレビや漫画の影響で理系男子がもてはやされたこともあったけれど、現実はこんなもんなのか。

「川久保さんも苦労してるでしょ。上司ガチャ大外れじゃん」

「あ……えっと……えへへ」

まずい、真雪さんの視線に捕まった。どうしよう。正直、わたし自身は悪口大会に交じれるほど阿良川さんに悪い印象は持っていないのだけれど……。

「いやー、ほんとー。阿良川さんには迷惑してますー、毎日毎日うんざりですー」

ごめんなさい、阿良川さん。女には女の世界があるんです。後でエジプトの話聞いてあげますから許してください。

「そうかそうか、うんざりかー。そうやわなー。あの人の下に派遣された女の子みんなすぐに辞めていくしなー」

「え、そうなんですか？」

「あれ、川久保さん知らなかった？　あなたの前の子は一か月でその前は二週間だったかな。最短で一週間の子もいたはずだけど」

マジですか。サラリと内部情報を漏らす真雪さんも気になったけれど、それ以上に聞き捨てならない内容だ。あの阿良川さんの何がそんなに気に入らないのか。どうにも噂と現実がマッチしない。

「まあ、とにかく辞めんといてな。川久保ちゃんって話しやすいし、辞められたら寂しいわ」

「もちろん、辞めるつもりはないですけど……」

二十四歳派遣社員、実家を出てルームシェアをすること早二年。一応フルタイムで働いてはいるけれど、家賃に食費、光熱費、通信費、さらには毎月天引きされる派遣手数料を引くと、とても貯金などあるはずない。業務内容に不満はないだけに、できる限り長く勤めていたい。

「あ、見て見て！　噂をすれば阿良川さんの登場ですよ」

「うげぇ、ほんまや！」

「何で来んのよ、キモいなあ」

皆さん落ち着いてください。社員が昼休みに社食に来ることは、割と普通のことなんです。

「背ぇ高っ。無駄にスタイルいいですよね、あの人」

「そういうところも逆にキモいわー」

「デブハゲであれよ」

……もう悪口言いたいだけじゃないですか。

大注目を浴びる阿良川さんはトレイに天ぷら蕎麦を載せてレジを通過し、そのまま窓際の一人席に着いた。そして、よどみのない動作で白衣のポケットからタブレットを取り出し、右手で箸、左手でタブレットを器用に操る。

白衣姿で食堂の人ごみに交じる阿良川さんは、森の木立に佇《たたず》むアルパカのように見えた。

「阿良川さんって、いっつもお昼一人ですよね。やっぱ友達いないんでしょうね」

「だよね。あのタブレットだってぼっちを隠すパフォーマンスだよね」

「わかるわー。俺忙しいから同僚とのんびり飯食ってる暇ないわー。断じて友達がいないからではなく忙しいがゆえに一人で飯を食ってるわー……っていうアピールやんな」

そうかなぁ。阿良川さんってそんな複雑なこと気にするタイプかなぁ。

ケタケタと笑い声の上がる女子校島に目もくれず、阿良川さんはつゆのしたたるエビ天

を一口啜り、

「――――」

少し顔を顰《しか》めて小皿に出した。

え、まさか、それ残す気ですか？　嘘《うそ》でしょ、じゃあ普通のお蕎麦食べたらいいのに。エビが載るだけで五十円も上がるんですよ。

しかめっ面のまま蕎麦をテーブルの端に押しやる阿良川さん。ちょっと、幻滅したかもしれない。ああいうふうに食べ物を粗末にする人は好きじゃない。

蕎麦を諦めた阿良川さんは白衣のポケットから銀色のパックを取り出すと、角をちぎって口で吸い始めた。十秒チャージ系のゼリー飲料でも飲んでいるのだろうか。

いや、でも、何か違和感がある。あれってまさか……。

「うげっ、あれレトルトカレーですよ！」

「うわぁ、ホンマや！　信じられん、ウイダーイン感覚でカレー直《じか》飲みしとる！」

「やだ、もうやめて。食欲なくすよ。消えてほしい、マジで」

いや、真雪さん。消えてほしいはさすがに言いすぎ………とも言えないか。

これはさすがに擁護不可だ。

公共の食堂で何をやってるんですか、阿良川さん。それが大人のやることですか。みんな見てますよ、阿良川さん。違います。呼んでないです、阿良川さん。なんで立ち上がったんですか。なんでこっちに歩いてくるんですか。その満面の笑みはなんですか。まさか、レトルトカレーの歴史を紐解《ひもと》いたりしないでくださいよ。

「川久保さん」

「は、はい」

「昼休み中すみません。私、昼から急遽《きゅうきょ》出張になりましたので業務連絡をいいですか」

「は、はい、どうぞ」

できれば食事の後がよかったですけど。

「この前まとめていただいた資料なのですが、主に元素記号の表記に関して誤りが多く見られまして。失礼ながら元素記号を覚えてらっしゃらないようですので、私がいない間これで勉強しておいてほしいのです」

別次元にでも繋《つな》がっているのだろうか。阿良川さんはタブレットとレトルトカレーの入っていた同じポケットから小ぶりの参考書を取り出した。

「わかりましたわかりました」

「よろしくお願いします。週明けにテストしますから頑張って覚えてくださいね」

「わかりましたから！」

「では、お願いします」

一刻も早くカレー吸い男を遠ざけたいあまり、ついつい参考書の受け取り方が乱暴になってしまったけれど、当の阿良川さんは特に気分を害したふうでもなく、入って来た時と同じように飄々《ひょうひょう》と食堂から出て行った。

「あー、やっと行ったか。ホンマ無理やわ、あの人」

女子校島の溜息《ためいき》がカレーの残り香に重なる。一気に食欲が霧散した。

なるほどな、今なら辞めていった先代派遣社員達の気持ちがわかる。やっぱり阿良川さんは、要注意人物なのかもしれない。

額の汗を拭うと、ジャンポール・ゴルチエのピンキーリングが視界を掠《かす》め、ちょっと泣きたくなった。

わたしのランウェイはいったいどこに行ってしまったのだろう。

二章　阿良川さん、裏でコソコソやってませんか？

ファッションに興味を持ったきっかけは、幼稚園の頃に見た女児向けのアイドルアニメだった。

同級生達がキャラクターの歌や振付に夢中になる一方で、わたしはひたすら煌《きら》びやかなコスチュームに目を奪われた。小学生になり興味の対象が実在のアイドルに移っても、見るのはステージ衣装。ファッション雑誌と首っ引きでコーディネートを考えていた中学時代を経て、高校生になる頃には自分だけのアイテムが欲しくて洋服を作り始め、自然と『作る側』への道を志すようになった。

一日でも早くデザイナーになりたい、そんな思いから『就職率98％』の謳《うた》い文句《もんく》に惹《ひ》かれ、服飾専門学校の体験入学に応募した。専門学校に入ったら自動的にデザイナーになれると本気で信じていたのだ。

訪れたオープンキャンパス当日、頭のてっぺんから足の爪先まで、意味などないと知りながら下着まで全部新品のアイテムに身を包んで足を踏み入れた専門学校は、思い描いていた以上に光り輝いて見えた。

パルテノン神殿を思わせる中世ヨーロッパ風の外観、近代的でおしゃれな内装、うっとりするような展示服、初めて触れる高級ミシン、おしゃれな学生達、もっとおしゃれな講師達、その全てがわたしを手招きする妖精に見えた。

一歩で心は決まった。ファッション業界で生きていく未来しか想像できなかった。体験実習で初めて作ったワンピースが講師絶賛の出来だったことも背中を押してくれた。たとえそれが、あらかじめ裁断されたパーツをミシンで縫い合わせるだけのお手軽キットであったとしても、自分の作品がプロの目に認められたという事実に心が震えた。

専門学校での毎日は掛け値なしに楽しかった。皆競い合うようにおしゃれをして、競い合うように洋服を作り、競い合うように恋をした。フィッターのアルバイトでプロのモデルやデザイナーとも知り合えた。学内ファッションショーのために連日徹夜で服を作った。打ち上げで大いに泣いた。あの日々は、間違いなく人生で一番充実していたと胸を張って言い切れる。

しかし、幸せな時間はあまりに短かった。残酷な現実は、わたし達が市場調査のためにショップを回り、ファミレスで深夜まで洋服の話で盛り上がっている間にも、じわりじわりとその包囲網を縮めていたのだ。

この学校の出身者でデザイナーになった子は一人もいない。そんな噂《うわさ》が囁《ささや》かれ始めたのは、皆が卒業を意識し始める二年目の春のことだった。ちらほらと生徒の数が減っていった。花壇のようにカラフルだった生徒の髪色は一人また一人と黒に塗りつぶされ、ファミレスのテーブルに広げられるのはファッション雑誌ではなく町の求人誌に取って代わられた。

デザイナーになる未来しか考えていなかったわたしは焦った。どうやったらデザイナーになれますか？　講師に片っ端から聞いて回った。

「うーん、デザイナーかあ。色々あるけどねー、うんうんうん」

「弟子入りしたり、起業したり、海外に行く人もいるよねえ、うんうんうん」

「知り合いのデザイナーも最初は色々やってみたって言ってたなあ、うんうんうん」

「焦らずに地盤を固めるっていう意味でも就職するのは有効だと思うよ、うんうんうん」

「まずはショップ店員から始めて売る側の目線を養うってのも大事だよね、うんうんうん」

「来週の就職説明会行ってみたら？　まだ定員空いてるし、うんうんうん」

「いくつかのメーカーに企業訪問してみよっか、推薦状書くから、うんうんうん」

講師達のアドバイスはどれもこれも輪郭が曖昧な反面、デザイナーと関係あるかもわからない就職の斡旋《あっせん》となるとこっちが引くほど前のめりだった。

驚愕《きょうがく》だった。わたしの未来に当然のごとく広がっているはずのファッション業界、その入り口をこの学校の人間は誰も知らなかったのだ。

「デザイナー？　まだそんなこと言ってんの？　うーん、純粋なのは千夏《ちか》のいいとこだけどさ、大人になるっていうの？　夢を諦める勇気ってのも大事だと思うよ。やべ、俺今いいこと言った？　うんうんうん」

当時付き合っていたクラスメイトの彼氏は、飲み屋でくだを巻くわたしになぜか上から目線でそう言って、最近覚えたというハイボールを啜《すす》った。

——夢を諦める勇気。

その前に夢を追いかける勇気が本当にあったのか？

一週間前まで真っ青だった彼の黒髪を眺めながら、密《ひそ》かに別れを決意した夜だった。

今思えば、わたしに彼氏を貶《けな》す資格などなかったのだろう。結局わたしにも本当の勇気なんてなかったのだ。半年後、わたしはなんだかんだ講師に勧められるままショップの契約社員の内定を取り、涙の卒業式を迎えていた。これでわたしも学校の就職率維持に貢献したことになる。母校が声高に謳う98％という数字がショップやアパレル縫製といったファッション関連のみならず、一般事務や飲食アルバイト、はては実家の家業の跡継ぎといったところまで含んでいると知ったのは、ショップの激務に耐え切れず一年で退職した次の日のことだった。

それからいくつかのアルバイトを経て、派遣でもいいから『社員』という肩書欲しさに流れ着いたのが今の波多野《はたの》鉄鋼技術研究所、通称波多野技研だ。

華やかなファッション業界の真逆と言っていい鉄鋼会社、その中の研究所という謎の部門。慣れない理系職場と個性的な上司に戸惑うばかりの毎日だが、デザイナーになる夢は捨てていない。

幸い波多野技研は派遣社員の定時退社と土日祝休みが徹底されており、労働条件は最高だ。定時が五時なのでその気になれば仕事終わりでもショップを巡れるし、休みも取りやすいからその気になれば地方のファッションショーにだって駆けつけられる。

まあ、慣れない仕事の疲れのせいでなかなか「その気」にはなれないけれど、センスはまだ鈍っていないはずだ。腕だって錆《さ》びつくどころかむしろある意味現役バリバリ。二年間の専門学校生活で身に付けた裁縫やパターン引きの技術は……。

「すみません、写真一枚いいですか？」

「はい、どうぞ」

「撮りまーす。はい、オッケーです。チェックしますか？」

「いいですか？　ヤバッ、すごい盛れてる！　ありがとうございますー」

「いやいや、モデルがいいから。てゆーか、コスチュームのレベル高過ぎですって。それ八話の夢の中のシーンでチラッとだけ出てきた衣装ですよね？　再現率、神なんですけど」

「ありがとうございますぅー！　頑張っちゃいましたぁー！」

「これSNSに上げて大丈夫ですか？」

「もちろんです。絶対に上げてください！　ツイッターもやってるんで良かったらフォローお願いします。午後からまた別のコスプレしてるんで声かけてくださいねー」

……趣味のコスプレで大いに活用させてもらっている。

コスチュームプレイ、略してコスプレ。今や国語辞典にも名を連ねているオタク趣味の王道である。

と言ってもわたしは作る専門で実際に着ることはないけれど。

「千夏、ごめん。ちょっと衣装見てくれない？　背中のとこ壊れてるっぽいの」

笑顔でファンサービスを終えた魔法少女が大きな羽をわっさわっさと揺らしながら寄って来た。

「どれどれ。わ、いっちゃってるね。剥がれる寸前だわ」

「うそ。ごめん、動き過ぎたかな？」

「ううん、全然全然。ぱぱっと直しちゃうからどっか座れるとこ行こっか？」

「ありがと」

専門学校時代からの親友兼、ルームメイトの香川利奈《かがわりな》は鼻まで届くピンク色のM字バングの隙間から、二枚重ねの付け睫毛《まつげ》をバサバサと羽ばたかせた。

「お、さっきのカメコからもうフォロー来た！　ありがとーございまーす」

野外撮影スペースを取り囲む複合商業施設、その非常階段に腰を下ろすなり利奈はエゴサーチを開始した。魔法少女がスマートフォンを操る姿は何かの風刺画のようでなかなか趣がある。

「レイヤーもコスも神過ぎるってさ。ぐはー、嬉《うれ》しー」

「ちょっと、動かないで。針刺さるよ」

グラグラと揺れ動く肩を手で押さえて慎重に応急処置の安全ピンを布に通す。羽の付け根、やっぱりここが壊れたか。確かに利奈ははしゃいで動き回っていたけれど、一時間も持たないなんて明らかに制作側の責任だ。

アニメや漫画の衣装は縫製上あり得ない造形をしているので、パターンに起こすのが難しい。変なとこから変な物が生えてるし、構造上絶対に必要な部分が無慈悲に省略されていたりする。

再現性にこだわれば強度が落ちるし、強度を重視しすぎると実物からかけ離れる。実用性とデザインのバランスはデザイナーの永遠のテーマだけど、今回はちょっと攻め過ぎたみたいだ。

「いやー、しかし、いつもながら千夏の衣装はすごいよねぇ。さっすがデザイン科って感じ。ビジネス科には真似《まね》できませんわ」

「どうもでーす」

「今日のやつなんて最速でカメコ十人釣れたちゃったし」

「えー、数えてるの？　やらしいなあ」

「そりゃ数えるっしょ、嬉しいもん。千夏だって嬉しいんでしょ。神コスチュームとか言われてさ」

「まあ……ちょっとだけね」

「よっ、神デザイナー」

「やめてやめて。てゆーか、さっきの何？　さも自分で衣装作りましたみたいなこと言って。何が頑張っちゃいましたよ」

「あ、聞こえてた？　調子乗っちゃった。褒められるの好きー」

屈託ない利奈につられて笑みが零《こぼ》れた。

わたしと二人になると利奈は言葉が砕ける。普段ショップの店長として接客に神経を使っている反動だろうか。親友のざっくばらんな言葉使いを聞いているとリラックスしてくれている気がしてなんだか嬉しい。

「でも、もったいないよね。こんなすごい衣装作れるなら千夏も着てみたらいいのに」

「もういいって、その話は。わたしは着ないから」

「なんで？　一緒にやろうよ、絶対楽しいよ」

「いやー、ないない。ほんっと勘弁して。こういうのは利奈みたいに可愛《かわい》い子が着たらいいの。わたしみたいな地味な裏方人間がやったら原作ファンから苦情が来るから」

「はい、出た。そんなことないよ待ちー」

「違いますー。ほら、直ったよ。普通に動くのはいいけど、少しだけ気を使ってもらうと助かります」

「お、ありがと。じゃあ、トイレ行ってくるわ。さっきから膀胱《ぼうこう》ヤバくってさ」

魔法少女が膀胱とか言うな。気を使ってくれと言ったそばから空に飛び立つ勢いで階段を飛び降りる利奈、そのままバタバタとトイレに向かって駆けて行った。どうやら限界が近いのは本当らしい。

なのに、五メートルも進まないうちにもうカメラマンに声をかけられているから大変だ。プロ魂というのだろうか、利奈は股間に迫った生理的事情をおくびにも出さず春の太陽のような笑顔でポーズを取って見せた。その陽光に引き寄せられるように一人また一人とカメラマンが集まって来る。

「……すごいなあ、利奈は」

見る間に厚みを増していく人垣を眺めるうち、思わず溜息《ためいき》が漏れ出てきた。

結局、利奈なんだよなぁ。

　さっきは謙遜して衣装のおかげなんて言ってくれたけど、それだけでこの規模の囲みが発生するとは思えない。わたしの作った衣装より凝ったコスチュームの人なんて何人もいるのだから。

　やっぱり、中身の利奈なんだ。笑顔なのか、ポーズなのか、愛嬌《あいきょう》なのか、中身の利奈から溢《あふ》れ出る魅力が目の肥えたカメラマンにシャッターボタンを押させているのだ。コスチュームプレイなのに中身で勝負というのも妙な話だが、現にカメラマンの中にはコスチュームのついていない部分にご執心な人もいる。何と言うか、露骨だわぁ。ざっくり開いた胸元や、剝《む》き出しになった太腿《ふともも》に、接触せんばかりにレンズを向ける人達……。

　まあ、気持ちはわかりますけどね。あの谷間はね、撮るよ。仕方ない。女のわたしでも、あれは撮る。どんなに可愛いリボンも、どんなに精巧なレースも、あの谷間には敵《かな》わない。

　本当に利奈はすごい。可愛いだけじゃなくスタイルもいいし、同い年なのに店長としてショップの激務をこなしつつちゃんと趣味も充実して彼氏までいる。同じ釜の飯を食う者同士なのに、公私共のこの差はなんなんだろう。

「だめだだめだだめだ」

　今日は久しぶりのデザイナーの日なんだ。暗い気分で過ごしたくない。

　気分転換に甘いものを求めて鞄《かばん》に手を突っ込んだら、指先が違和感を捉えた。摘まんで引きずり出してみると……ああ、阿良川《あらかわ》さんから借りた参考書、鞄に入れっぱなしだったっけ？　改めてまじまじと表紙を眺めてみる。

『萌《も》えで覚える擬人化元素記号表』　科学堂出版

あの人はわたしのことを小学生とでも思っているのだろうか。まさか極秘のコスプレ趣味がバレてるってことはないよね。

ざっとページをめくってみた。ファンタジー風のイラストで擬人化された元素記号達が、様々なポージングでパラパラと目の前を通り過ぎていく。悔しいかな絵はちょっと好きだけど、肝心の元素記号の方がさっぱり頭に入ってこない。

そもそも元素記号ってなんでこんなにわかりにくいのだろう。ヘリウム（Ｈｅ）、シリコン（Ｓｉ）は頭文字だからまだわかるとして、鉄（Ｆｅ）って。鉄は英語でアイアンでしょ。どっからＦとｅが出てきたの？　タングステン（Ｗ）にいたっては意味不明だ。絶対に（Ｔ）であるべきじゃん。タングステンなんて言葉自体初見なのに一文字も含まれていないＷなんて引っ張り出してこないでよ。タングステン側に覚えてもらうという気がなさ過ぎると思う。

「うう、頭がグラグラするよう……」

いかに可愛いイラストで装飾されても、中学校に理数科目を捨ててきたわたしにこの勉強は辛《つら》すぎる。

もういい、おトイレ行く。利奈の後を追って歩き出した。もちろん何メートル歩いても、誰からも声などかけられることはなかった。

建物の中はコスプレ衣装を着た人と、普段着の買い物客が入り交じってカオスな様相を呈していた。ＡＴＭでお金を下ろす鎧《よろい》姿の騎士がいれば、ペットボトルを抱えてレジに並ぶ魔法使いもいて、ここはここで野外スペースとは違った見応えがあって好きだ。

さて、トイレはどこだろう。案内表示を探して視線を巡らせ、

「うわっ、なんで！」

思わず声を上げて自販機の陰に飛び込んだ。

嘘《うそ》でしょ、なんであの人がここにいるの？　いや、いてもいいか。わたしも別に隠れる必要なんてないし。しかし、そうとわかっていても一度隠れてしまった手前、様子を探る様は恐る恐るといったふうになってしまう。

――やっぱりいた。

周囲から頭一つ抜け出た高身長、頑固な寝癖がさらに上へと飛び出ている。

白衣を纏《まと》っていなくても人ごみに立つ阿良川さんはやっぱりアルパカに見えた。隣にいるのは連れだろうか。親しげに笑いながら阿良川さんの二の腕を叩《たた》く髪の長い女の人。

綺麗だな。無意識に数秒間目を奪われた。

特にめかし込んでいるふうでもないけれど、メイクも洋服も趣味が良くて好感が持てる。生まれ持っての美人さんであるらしく、自分の素材の生かし方をよくわかっているなという印象だ。

彼女かな。

いや、違うか。そんな雰囲気じゃないっぽい。仲の良い友達といったところだろう。意外だった。会社では一緒にお昼を食べる相手もいない阿良川さんに、あんな綺麗な連れがいるなんて。

女の人は後に予定が控えているようで阿良川さんに腕時計を叩く仕草で急《せ》かされると、笑顔で手を振って歩き出した。本当に綺麗な人は仕草も可愛い。見送る阿良川さんもずっと笑っていた。

それは見る者の体温を一度だけ高めるような温かい笑顔。眺めていると胸の中に少しずつ温《ぬく》もりが溜《た》まっていき——。

「何してんの、千夏」

「ひいっ」

魔法少女に肩を叩かれて盛大に全て吐き出した。

「びっくりしたあ！　利奈か、急に叩かないでよ」

「何回も呼んだし。ガン無視で何見てたのよ。うおっ、でけーのいる。脚長っ。千夏の知り合い？　紹介してよ」

「無理無理無理、今は無理」

「いいじゃん、何で無理なんよ」

あんたが魔法少女だからだよ。コスプレ趣味は職場には極秘なのだ。羽の生えた桃色髪女なんて紹介できるわけがない。

「もう行こ。ね、トイレ済んだんでしょ。行こ」

「んー、ちょっと待て。あの顔どっかで見たことある気がするんだけど」

「お願いだから覗《のぞ》かないで。もう行こうよ、ねえねえねえ」

「引っ張んないでよ、おっぱい出るって。あ、思い出した。小説家の人だ」

……小説家？　予想外の言葉に利奈の手を引く力が抜けた。

「ほら、これ。似てない？」

利奈はするするとスマートフォンを撫《な》でると、一枚の画像を大写しにして画面をこちらに向けてきた。

「うわ、阿良川さんだ」

「やっぱりそうでしょ、あの人だよね？」

利奈の腕ごとスマートフォンを顔に寄せる。どこかのカフェで撮られた写真だろうか。

ホットコーヒーをかき混ぜながら少し照れたように視線を下に外している。黒縁眼鏡といい上昇志向の寝癖といい阿良川さんに間違いなさそうだけど……。

「小説家って言った、さっき?」

「うん。ライトノベル書いてるんだって。ショップのお客さんで仲良くなった人がいてさ。あたしが漫画好きだって言ったら面白いからって薦めてくれたの。黒森港《くろもりこう》っていうんだけど、千夏知ってる?」

「いやー、ライトノベルは全然知らないなあ。なんてタイトルなの?」

「シュワシュワなんとか……みたいなやつ」

「シュワシュワなんとか?」

「ファンタジー系」

それだけのヒントではどうにもこうにも。

「あたしも全然知らなかったからネットで検索したら作者の写真が出てきてさ、イケメンだから覚えてたんよ」

「イケメン? あの人が? 嘘でしょ?」

「なんで、イケメンじゃん。スタイルいいし。服とか髪は終わってるけど磨けば光るよ、あれは。職場の人?」

「うん、そう……いやでも、やっぱ違うわ。すっごく似てるけど別人だと思う」

スマートフォンの画像と見比べようとしてみたら実物はすでに消えていた。どこかのお店に入った様子はない。どうやらあの女の人に会うためだけにわざわざここへやって来たようだ。

「本当に別人なの？　あたし顔覚えるの自信あるんだけど。黒森港でしょ、あれ」

「違うって、あの人うちの会社の上司だもん。小説なんて書くわけないじゃん」

「わかんないよー。小説家ってほとんど兼業らしいからさ」

……え、そうなん？

「ちょっと調べてみるわ。小説家ならツイッターとかやってんでしょ、どうせ。面白いじゃん、小説家の上司とか。カッコいい人だったし、もしかして、千夏狙ってるとか？」

「やめてよ！　マジでないから、それだけは！」

「声デカっ。図星突かれたと理解していいですか？」

利奈の口角がいやらしく上がる。

「全然違うから。ほんっとやめて。あの人は……まあ、悪い人じゃないけどレトルトカレー直《じか》飲みするんだよ。天ぷら蕎麦《そば》頼んでエビ残すし」

「ちょっと待って、今なんつった？　エビってあの食べるエビのこと？」

「え？　あ、うん、そう。海のエビ」

引っかかるとこ、そこ？　カレー直飲みはスルーですか？　しかし、利奈はそれが最重要事項であるかのように眉根を寄せてスマートフォンを睨《にら》み付《つ》ける。

「ヤッバ、マジでビンゴかも！　黒森港のツイッタープロフィールに甲殻類アレルギーって書いてあるわ」

「嘘、マジで？」

「ほらほら。ここ、ここ、書いてあんじゃん。もう確定でしょ。やっぱりあの人って――」

いや、ないないない。絶対ない。

アレルギーの人がわざわざエビ天なんか食べるわけないいじゃないか。それに何よりあの阿良川さんが小説家って。理系企業の主任とファンタジー小説家、どうやったってイメージが重ならない。

「もういいよ、戻ろうよ。せっかくのお休みに会社の人のこと話したくないよ」

「それもそうか。よし、戻ろう。愛《いと》しいカメコ達が待ってるもんね。えへっ」

あっさりとコスプレモードに切り替えた利奈は、親友のわたしですらグッと来るような笑顔でアニメの決めポーズを取って見せた。その動きに合わせてFカップの胸がぶるんと揺れる。

ん？　F？　F……F……。

元素記号Fって、なんだっけ？

＊

「では次がラスト、元素記号Ｆはなんでしょう」

「待って。それ、わかります。えっとえっと、フッ素！　フッ素です」

「ご名答」

「やったあ！」

週明け、波多野技研のプレハブ小屋に珍しく歓声が響いた。

「素晴らしいですよ、川久保《かわくぼ》さん。全問正解じゃないですか」

ノートパソコンを叩く手を止めて、阿良川さんが笑顔で言う。

「ありがとうございます！　頑張りました」

理系職場の人間からすれば元素記号なんて暗記できて当然なのかもしれないが、真正面から褒められるとやはり嬉《うれ》しい。

「それもこれも阿良川さんから借りた本のおかげですよ」

「お役に立てて光栄です、と言いたいところですが、参考書は持っているだけでは意味がありません。全ては川久保さんの努力の成果ですよ」

「えへへへ。阿良川さんに褒めて貰《もら》えると嬉しいなー。土日も参考書を持ち歩いた甲斐《かい》がありましたよ」

「え、土日も……とはどういうことですか？」

あれ、何か気に障ること言いましたか？　さらに褒めてもらいたくて漏らした言葉だったけど、阿良川さんの顔は逆に強張《こわば》った。

「まさか、川久保さん。週末も勉強されたんですか？」

「はい。マズかったですか？」

「マズいに決まってるじゃないですか！」

決まってたの？　いつ？

「何時間勉強しましたか？　申告してください。時間外労働ですので給料が発生します」

「え？　え？　給料って。いりませんよ、そんなの。わたしが勝手にやったことだし」

「いいえ、いけません。必ず受け取ってもらいます。これは法律の話ですから議論の余地はありません」

「いやでも、時間なんて覚えてないし……ごめんなさい」

「ああ、違うんです。すみません、謝らないでください。曖昧な指示を出した私のミスなんです。どうしよう、どうすればいい。困ったぞ」

困ったの？　ごめんなさい。いったい何が悪かったのだろうか。珍しく動揺する阿良川さんはまたぞろ白衣のポケットをがさがさと漁《あさ》り、

「受け取ってください。この場は私が立て替えます」

中から数枚の紙幣を抜き出した。

「怖っ！　なんですか、このお金。やめてくださいよ」

ポケットから出てくる生金《なまがね》、怖っ。誰か助けて。

「阿良川くん、ちょっといいか？」

呼べば必ず誰かがやってくるプレハブ小屋、今回その扉を開いたのは……ん、見たことない顔だな。

「ちょっと阿良川博士のお知恵を拝借したくてさ。破面写真なんだけど見る時間ある？」

年は五十がらみだろうか。媚《こ》びたような笑みを浮かべながらも我が物顔で入ってくる。

「柴田《しばた》さん、お久ぶりです。応力腐食割れですね。依頼元はN社ですか。もしかして、例の橋梁《きょうりょう》事故の原因調査ですか」

「さっすが、先生。話が早くて助かるわ」

たちまち作業机の上に資料が広がり、難解な単語の応酬が始まった。

恐らく他部署からの仕事の相談だろう。こういうことはちょくちょくあった。所内のあらゆる部門から様々な相談がプレハブ小屋に持ち込まれる。その全てに的確と思われる解釈を与える阿良川さんは、多分すごいのだろうけど……。

「なるほど、そういうことか。さすが阿良川師匠。実はこれと同じ案件で別条件のデータもあるんだけど」

「拝見します。メールで送ってください」

「助かる。今週の早いうちにいけるかな？」

「善処します」

「頼むわ、大先生！」

……なぜだろう、モヤモヤする。

博士。先生。師匠。彼らは一様に阿良川さんをおだてて拝むふりをするけれど、これって体よく仕事を押し付けているだけじゃないのか。しかも彼らのほとんどは阿良川さんより給料を貰っているポジションの人達だったりするのだ。

「あの、阿良川さん」

「ふむふむ、これはまた難しいな。起点はここで間違いないとして……いやでもそうなると条件とマッチしないのかな……うーん」

「お金返しますからね」

「現物が見たいな……これだとなんとでも解釈できるし……ああ、伸長形ディンプル。綺《き》麗《れい》だな。ずっと見てられる」

「聞いてますか、阿良川さん」

「……楽しいなあ」

よかったですね。

どうやらまた理系スイッチが入ってしまったらしい。わたしの言葉もポケットに忍び入れたお札にも気付かない様子で、机上に散らばった資料を睨んでいる阿良川さん。真剣な横顔は、よくよく見れば彫りが深くてギリシア彫刻のようでもある。確かに、利奈の言った通り磨けば光るのかもしれないな。利奈の言った通り――。


………シュワルツワルトの風。


「えぇっ！」

突然、彫像の顔が吹き飛んだ。

「か、川久保さん、今なんと？」

「は、はい？」

「いいい、今なんと言いました！」

「ひぃっ、何も言ってません！」

「ほ、ほ、ほ、本当ですか？　本当に何も言ってませんか？」

「言ってません言ってません」

いや、言ったかな？　ボーっとしちゃって何か呟《つぶや》いちゃったかもしれないけれど……。

「そう、ですか。何も言ってないですか。そう……ですよね。うん、そうに決まってる。気のせいですよね、ははは」

「阿良川さん？　どうしました？」

「い、いや、なんでもないんです！　私は一度事務所に戻ります！　柴田さんからメールが来てると思うので。川久保さんの今日の作業は先週の続きですよね。感電することはないと思いますが、くれぐれも安全には気を付けて。何かあったらすぐに内線で連絡をください」

急にめちゃくちゃ喋《しゃべ》るじゃないですか、阿良川さん。

「それでは失礼します——あ、イタっ！」

そっちは壁です、阿良川さん。

「ああ、扉はこっちか。それでは失礼——あ、イタっ！」

扉を開けないと、阿良川さん。

「し、し、し、失礼します——あ、イタっ！」

段ボール箱にも気を付けてください、阿良川さん。

もう滅茶苦茶《めちゃくちゃ》じゃないですか。壁、扉、段ボール箱、ぶつかれる物全てにぶつかりながらプレハブ小屋を後にする阿良川さん。どうしたっていうんだろう、あんなに動揺する姿は初めて見る。やっぱりわたし、無意識に何か言っちゃったのか？

「………シュワルツワルト？」

なんだろう、この口の中に残る響き。

どっから出てきた、この言葉。

そうだ、黒森港だ。阿良川さんにそっくりな小説家黒森港のライトノベルのタイトル。

あのあと気になってネットで調べてみたんだった。

「シュワルツワルトの……風」

確かそんな名前の小説だった。

三章　阿良川さん、SNSがガバガバです

「えっと、か……き……く……く……く……あった！」

書店の本棚をなぞる人差し指が中段左下でびくんと跳ねた。

あった。あったあったあったあったあったあった、本当にあった。

喜びが疲れた体を突き抜けて思わず心の内で快哉《かいさい》を叫ぶ。周りのお客さんが一斉に振り返ったところを見ると、あるいは叫びは胸中に収まりきっていなかったのかもしれないけれど、今は気にしていられない。

やっと見つけたぞ、黒森港《くろもりこう》。

まさか仕事終わりに書店を五軒も回ることになるとは思わなかった。服屋のショップ巡りもご無沙汰なのに本屋のはしごをすることになるなんて。この店で見つけられなかったら後はネット注文するしかなかっただけに喜びもひとしおで——おっと、いけない。さっさと現物を確保せねば。

「おー、ライトノベルー」

書棚から引っ張り出すと、いかにもそれといった感じのアニメイラストの表紙絵が目に飛び込んできた。ヒラヒラのドレスを纏《まと》った金髪のお姫様にネクタイを緩めたポーズのサラリーマンが寄り添っている。その周りを薔薇《ばら》の花がこれでもかとばかりに覆っていた。お姫様とサラリーマン。これが世にいう転生物というやつだろうか。裏表紙のあらすじに目を走らせてみる。

『ひょんなことから中世ドイツにタイムスリップしたサラリーマン聖夜《せいや》。地方領主の未亡人シャルロッテに魅入られた聖夜は、ハーバードビジネススクールMBA取得の頭脳を駆使して没落貴族を復興させられるのか？　怒涛《どとう》の歴史ロマン転生ファンタジー』

ふむふむ、なるほど。怒涛の歴史ロマン転生ファンタジーですか。

ちょっと、その……あれだな……興味のあるジャンルではないのかもしれない……な。雑食の利奈《りな》と違ってわたしが専ら通ってきたのは少女漫画と女子向けアニメ、あとはディズニーを一つまみとジブリを少々。そうですか、歴史でロマンで転生でファンタジーでございますか、なるほどなるほど。

いや、買うけどね。ここまで苦労して見つけたんだし絶対に買うけどさ。でも、七百二十円か。ちなみに、社食の天ぷら蕎麦《そば》なら三杯分……。

「えいっ」

断腸の思いで裏表紙にぎぎぎと爪を立てた。

はい、ちょっと傷ついた。これでもう買うしかない。迷った時のいつものルーティン、退路を断ってレジに向かった。

「ありがとうございました。またおこしください」

にこやかな店員さんの声に送られてレジカウンターを後にした。

おお、買った。買ってしまった。小説を買うなんて何年ぶりのことだろう。しかも、ライトノベル。しかも、転生ファンタジー。しかも、黒森港ですよ。

なぜだかテンションが上がってスキップ交じりに書店を出た。秋の夜風は昼間とは打って変わって肌寒い。すっかり遅くなってしまったし、晩御飯は簡単にすましちゃおう。確かお蕎麦がまだあったよな。昼も夜も同じメニューなのは少し物悲しいけれど、お蕎麦好きだしまあいいや。

家路を急ぐ人の群れに合流し駅を目指す。気が付けばスキップに鼻歌まで交じっていた。

「ああ、美味《おい》しかった。ごちそうさまでした」

手を合わせて幸せの吐息を吐き出した。それから、取っておいたさつま揚げの最後の一切れを箸でつまんで口に放り込む。

ごちそうさまの後の一口。実家にいた時ははしたないと怒られていたけれど、背徳感とお得感がたまらないので家を出てからは毎食のようにやってしまう。

しかし、意外にイケたな、さつま揚げの卵とじ蕎麦。お昼の天蕎麦との違いを出したい一心で冷蔵庫の中のものを手当たり次第に放り込んでみたけれど、傷みかけていたトウモロコシが予想外にいい仕事をしてくれた。これはレパートリーに加えてみてもいいだろう。

そして、予想外と言えばもう一つ。

「面白かったぁ、シュワシュワの風」

丼の横に閉じられていた文庫本をもう一度手に取ってみた。

待ちきれなくて電車の中でページを開いてみたら、一気に引き込まれてそのまま夕飯のお供に読み切ってしまった。

まさか主人公の聖夜が、タイムスリップしていきなり奴隷にされるなんて。てっきり現代の知識を持った主人公が、中世人を相手に無双する話だと思っていたのに。序盤からいい意味で裏切られた。

そこからいがみ合う奴隷達を命懸けで和解させ、まとめ上げて仕事を効率化することによって地主に力を認めさせる。そのまま地主達と協力して村を支配する悪徳教会を追い落とし、一気に有力者まで駆け上がる流れは爽快そのもので、危うく電車を乗り過ごしそうになったほどだ。

小説なんてここ最近めっきり読んでなかったけれど、わたしの貧弱な小説ライブラリーの中では間違いなく一、二を争う傑作だろう。

そう、一、二を争う……争う……。

「ぶっちぎりの一位ってわけでは、ないんだよなー」

ゴロリと床に寝転がった。文庫本を天に掲げ、改めてアニメ調の表紙イラストを見つめてみると金髪ふりふりのお姫様と目があった。

シャルロッテ・フォン・ヴィッテルスバッハ。三年前に領主の夫に先立たれた未亡人。奴隷に堕《お》ちた聖夜と運命的な恋に落ちるいわゆるメインヒロインなのだけれど。

「典型的な男が描くヒロインって感じよねー」

とにかくこの子が好きになれない。

温厚で純情で頭脳明晰《めいせき》なのにどこか抜けてて、あざとくてぶりっ子で男に守ってもらってばかりのくせにすぐに攫《さら》われて、敵味方問わず魅了する美貌を持っていて、もちろん巨乳。男の理想をぎゅうぎゅう詰めに詰め込まれた、ぱんぱんのお姫様。

「……もうはち切れそうじゃん、あんた」

男性向けだからこんなぱんぱんの女がヒロインとしてまかり通るのだろうが、女のわたしにはどうにも受け入れられない。チョイ役ならまだ我慢もできるけれど、まあ出てくること出てくること。作者のお気に入りなのがよくわかる。とにかくいいシーンとみればしゃしゃり出てきて、とにかく泣いてひたすらモテる。他のストーリーがいいだけに申し訳ないけれど、本当に邪魔。

「二巻で引っ越したりしないかなー、この子」

指でぺちりとシャルロッテの顔を弾いてやると爪の先がジンジンと痛んだ。

「まあ、でも面白かったよね？」

総合的に見れば文句なく良作だと思う。買ってよかった。

「やるじゃないですか、阿良川《あらかわ》さん」

――ってことで、いいんだよね？

スマートフォンを操作し、すでに予測変換の仲間入りしている黒森港の画像を呼び出した。

もはや、本人としか思えない。でも、こんなことって現実的にあり得るのか。確かに波《は》多野《たの》技研は就業時間が短いし、労働組合もしっかりしているので残業も少ない。管理職でも八時まで残っていたらもっと仕事を効率化しろと上司に窘《たしな》められるほどだ。だから時間的には小説家との両立は可能なのかもしれないけれど。

「だからって、あの阿良川さんが小説家って」

レトルトカレーを吸いながら原稿用紙に向かう阿良川さんを想像して、少し笑った。

鍋と丼を洗ってお風呂に入り、漫画を読みながらアイスを食べていたら、日付の変わるギリギリで鍵の回る音がした。

ややあって、火花でも散れば炎上しそうなほどのアルコール臭を纏った利奈がフラフラと部屋に入って来る。

「ただいまー」

「おかえり、遅かったね」

「うん、疲れたー」

バッグを床に放り出し、そのまま前のめりにソファに倒れ込むカリスマ店長様。

「寝る前に服脱ぎなよ」

「うーん、眠い」

「寝ちゃダメだって、お水飲む？」

「飲みます」

「座って飲んでね」

念を押してからテーブルに置いたグラスを利奈は寝転んだまま口元へと運び、

「がふっ」

案の定、気管に詰まって吹き出した。

「もー！　絶対やると思った」

ティッシュを四、五枚引き出して酔っ払いの胸元へ放り投げ、わたしは濡《ぬ》れた床を拭きにかかる。

「あー、ごめーん。ごめん、ちーちゃん」

「いいから早く服拭いて、シミになるよ。まったく飲みすぎなんだって」

「いや、あたしも行きたくなかったんだって。やっぱり飲み会って楽しいのは一次会までなんよ。二次会は結局佐藤《さとう》さんのお説教タイムになっちゃうんだからさ」

佐藤さんは確かエリアマネージャーだったかな、そんなことを思いながら水を吸ったティッシュをゴミ箱に捨てた。

百貨店のショップ店長である利奈は公私ともに飲み会が多い。本店の上司に呼ばれ、高校の部活仲間と会い、店の後輩の相談を聞き、コスプレ友達と遊び、店舗内の合コンに誘われる。美人でノリのいい利奈は全方面から引っ張りだこだ。

本人は面倒くさがっているけれど、仕事もプライベートもバリバリこなす『デキる女』はやっぱり傍《はた》から見ると格好いい。

思えば専門学校時代から利奈はみんなの中心だった。アイドルで、カリスマで、センターで、主人公で……そんな子とわたしが、どうしてこんなに仲良くなれたのだろう。初めて喋《しゃべ》ったのは一年生の発表会の翌日だった。

「あんたと仲良くなると、何かいいことある気がするんだよね」、そんな打算を隠さないセリフを飛び切りの笑顔で言い放ち、利奈はわたしをカフェに連れ出した。

あの日からもう何年の付き合いになるのか。ルームシェアを始めて二年、親友の背中は双眼鏡が必要なほど遠ざかって見える。

「はい、ちゃんと起きて。服も脱いで」

二十代から三十代まで幅広い人気を誇るブランド・シスタームームー。その秋の新作がみすみす形崩れするのは見過ごせない。動くマネキンと呼ばれるショップ店員にとって自社ブランドの洋服は制服も同然なのだ。もっとも、波多野技研の作業服と違ってショップの新作は全て社員自腹での買い取りが暗黙のルールだけど。

佐藤さんの愚痴が止まらない利奈からシャツを剝ぎ取って皺《しわ》にならないようにハンガーにかけた。ついでにパンツも引き抜いて、じっくりと下着姿を観察しながらパジャマ代わりのスウェットを着せる。冗談で買ったスパイダーマンの上下セット、どんなでたらめな服を着せても利奈ならそこそこ決まって見えるから不公平だ。

「ほら、顔洗ってきて。もう寝るよ」

蜘蛛《くも》の巣マークのお尻を叩《たた》いて洗面台へと追い立てる。

「んー、ありがとー。もう、千夏《ちか》と結婚したいわー」

「うんうん、そうだね」

「マジで言ってんだけど」

「わかったから顔洗って来て」

「あれ、それなに？　漫画買ったの？」

顔洗えっつってんだろ。

「え、漫画じゃないじゃん。小説？」

眉を顰《ひそ》め、パラパラとページを捲《めく》る利奈。

「それ、前に利奈が言ってたやつだよ」

「おお、黒森港！　千夏の推し！」

推しじゃないから。

「面白かった？」

「うん、面白かった。すっごく。利奈も読んでよ」

「うげー、小説かー。漫画だったらなー」

本を手に取りトロンとした目で表紙を眺める。こういう表情が利奈は本当に色っぽい。

可愛《かわい》い。ズルい。

「表紙ださっ」

ダサくないし。

「この表紙で酒飲めそう。もう一杯飲んじゃう？　二人で？」

「飲まないよ」

二つの笑い声に最終電車の通過音が重なった。

＊

繰り返しになるけれど、わたしの職場波多野技研は理系の会社だ。

大がかりな実験施設も多く敷地も広いので駅からは遠い。徒歩二十分、平時なら良《い》い運動と思い込むこともできるけど暑い日と寒い日と、深酒の翌日はやっぱりつらい。

……くそう、なんで飲んじゃったんだろう。

わたしのバカ。利奈に付き合えば一杯で済まないことはわかっていたのに。ついた溜息《ためいき》にアルコール臭を感じて死にたくなった。頭の奥がズンと重い。目の前で信号が赤に変わろうとしていたけれど走る気力は湧かなかった。

信号待ちは危険なのに。顔見知りの社員に声をかけられる恐れがある。会社の行き帰りに話しかけられると、不当な早出や残業を強いられている気がするのはわたしだけだろうか。

「おはようございます、川久保《かわくぼ》さん」

なんて言ってる傍《そば》からアルパカみたいなノッポの主任に声をかけられた。

　まあ、阿良川さんなら別にいいけど。特別気を使う必要もないし、ろくに返事もしなくても勝手に一人で喋り続けてくれる。それに今は特別な興味もあるし。

「どうしました、川久保さん。ボーっとして」

　おお、阿良川さんの背後に芥川龍之介《あくたがわりゅうのすけ》の肖像が見える。イメージって不思議だな。小説家というフィルターを被《かぶ》せてみると寝癖の跳ね具合ですら文学的に思えてくる。

「川久保さん？　どこか具合でも悪いんですか？」

「あ、すみません。大丈夫です、全然。昨日ちょっと夜更かししちゃっただけで。阿良川さんも寝不足なのに元気そうですね？」

「え、私寝不足なんて言いましたか？」

「あー、いや、その、言ってはいないですけど……なんとなく、そうかなって。へへへ」

「女の勘というやつですか。ご名答です。昨晩は三時頃まで趣味に没頭してしまいました」

「えー、三時ですかー。それは大変だー」

　片側二車線の主要道路の信号は長い。通知が届いたふりをしてスマートフォンを取り出し、ツイッターアイコンに触れた。

黒森港…………5時間前
Web版『シュワルツワルトの風』、最新話更新しました。ついつい夢中になって、も

う三時。明日も仕事なのにやってしまった

はい、本人確認完了。黒森港＝阿良川明《あきら》、これで確定だ。このネットリテラシーの低さがいかにもルーズな阿良川さんっぽい。

「でも、そこまで夢中になれる趣味っていいですね。さてはクリエイティブ系ですか？　何か作っちゃう感じの？」

「いえいえ、ただの読書ですよ。私にその方面の才能はありません」

「はー、そうなんですかー」

そしてやはり、自分がライトノベル小説家だという事実を明かすつもりはないらしい。わたしも極秘でコスプレ制作なんてやっている身だからオタク趣味を会社に明かしたくない気持ちは痛いほど理解できるけど……。

黒森港
鉄鋼会社でサラリーマンやりながら小説家やってます。三十二歳独身のっぽメガネ『シュワルツワルトの風』、一巻発売中。Web版も毎日更新中
好きな物　蕎麦《そば》　レトルトカレー　嫌いな物　甲殻類
1258フォロー　41フォロワー

バレるって、このツイッターのプロフィール。

見る人が見たら一撃じゃないですか。本当に隠す気あるのかな、この人。

「川久保さん、信号変わりましたよ」

「はい、スマートフォンしまうんで待ってください……よいしょよいしょ、シャルロッテ」

「は、はい？　い、いいい、今なんと？」

「シャーベットが食べたいと言いました。さあ行きましょう」

それから、その素直すぎるリアクションも何とかした方がいいと思います、黒森港先生。

「……あと、フォロワー少ないですね」

「え？　え？　は？　は？　フォ、フォ、フォロワーって何のことですか？」

ああ、いけないな。ついつい阿良川さんに軽口を叩いてしまう。気を付けないと。一方的にプライベートを知って距離が縮まった気になるのは失礼だ。

それでも、慌てふためく阿良川さんを見ていたら何だか頭が軽くなった。

新しい発見だ。阿良川さんの動揺顔は、二日酔いに効く。

＊

『ジキルとハイド』という古い小説がある。

読んだことはないけれど多分二重人格の話だろう。温厚なジキルさんが夜になったら凶暴なハイドさんになるみたいなストーリーだと思う。多分。知らんけど。

夜になったら別の顔、阿良川さんはまさにそれだ。『アルパカとハイド』。いや、『アルパカと小説家』かな。

昼間、お堅い鉄鋼会社の社員として真面目に働くアルパカ社員には、ファンタジー小説家という想像もつかないような夜の顔があった。しかし、それと一度認識したうえで注意深く観察してみると、その素顔は昼間の仮面の下からチラチラと透けて見えていたりする。

例えば阿良川さんは週に何度か異様にお喋りになる日がある。理系スイッチが入りっぱなしと言えばいいのか、躁《そう》状態と言えばいいのか。とにかく唇が止まらない日——。

「おはようございます、川久保さん。今日も一緒になりましたね。おお、今通り過ぎた車見ましたか」

そんな時の阿良川さんは、朝、信号待ちで出くわした瞬間からフルスロットルだ。

「メルセデスベンツバネオですよ。珍しいですね。広い室内を活《い》かしやすいようにリアドアはスライドドアが採用されているのですが、窓が開かなかったり、広い割に三列目シートがなかったり、色々残念なモデルでして。しかし、なんと面白いのはそれだけじゃないんです」

え、今面白い話してたんですか？　顔見てください、わたしの顔。わたしまだおはようだって返させてもらってないんですけど。

朝からこのテンションは、二日酔いの日じゃなくてもさすがにつらい。

「そ、そうだ、阿良川さん見てください。わたしスマートフォンカバー替えたんです。ほら、ピンクで可愛いでしょ」

「なるほど、可愛いですね。ピンクといえばF1カーのピンク・メルセデス問題ですが、あれは明らかにやり過ぎですし、メカニックの悪意すら感じます。ピンク・メルセデス問題はご存じですか？」

存じ上げるわけがないし、これっぽっちも車に興味ないから強引に話題を切り替えたのに。輪をかけた急ハンドルで話題を戻されてしまった。

とにかく喋りたくて喋りたくてたまらないご様子で、言葉が歯を突き破って飛び出してくる勢いだ。その裏側にどんな感情が滾《たぎ》っているのだろう。こっそりスマートフォンでツイッターを覗《のぞ》いてみると、

黒森港…………8時間前
Web版『シュワルツワルトの風』、最新話アップしました!!
今回のは感情が入りました。まだ手が震えています
是非是非、ぜひぜひご覧ください！　うおー！　絶対読めよ、お前らー

どうやら絶好調らしい。書斎の興奮をそのまま外まで持ってきてしまったのか。これは長くなりそうだ。

「てゆーか、いくらなんでも信号長すぎません？　阿良川さん押しボタン押したんですよね？」

「はい、押しました。それでですね、ルノーが提出した抗議文の肝は――あれ、待てよ。ここって押しボタン信号でしたっけ？」

「今更何言ってるんですか。ああ、やっぱり押してない。勘弁してくださいよ、もう」

この上、信号もう一つ分車トークを聞かされるなんて、もう耳がパンクしちゃうよ。

気を付けねば、小説が好調時の阿良川さんには要注意だ。

かと思えば、妙に口数が少ない日だってある。

「あの、すみません……阿良川さん」

話しかけることがためらわれるような、ドキッとするほど鋭い視線を宙に飛ばし、

「阿良川さん？」

妙にセクシーな長い指をキッと結んだ唇にあてがい、

「ねえ、阿良川さん。阿良川さんって」

何度呼んでも気付かない。こんな日の黒森先生のツイッターは、

黒森港……1時間前

たった一つの言葉がどうしても見つからないことがあります

正解の言葉はすぐそこにあるはずなのにどうしても摑《つか》めない

たった一つのその言葉を諦めるか諦めないかが、作家としての品性を決めるのだと思います

なんか、しゃらくさいこと呟《つぶや》いている。

「阿良川さん！」

「あ、川久保さん、どうしました？　何か問題でもありましたか？」

「食堂でボーっとしないでください。もう、昼休み終わってますよ。早く帰らないと食堂のおじさん怒ってますって」

品性とかどうでもいいから早く飯を食え。またエビ天残してるし、おまけにお蕎麦も伸びてるし。食べ物を粗末にする人は、やっぱりどうも許せない。

とはいえ、この程度ならまだマシな方だろう。最も警戒を要するのは、二週に一度くらいの頻度で深夜にネガティブツイートが連投される日だ。

黒森港…………9時間前
一昨日の自分の呟きを見て愕然《がくぜん》としました
読者の方々に向かって、「お前ら」などと口走った挙句、「絶対読め」という命令口調。どうかしておりました。深く深く謝罪いたします

黒森港…………9時間前
プロとしてあるまじき増長でした。情けない限りです。もう消えてしまいたい

黒森港…………9時間前
本当に申し訳ございませんでした。どうしてあんな暴言をなぜ確認しなかったのか。なぜ……。私は作家の面汚しです。ちょっと頭を冷やしてきます

「ちょっとちょっと、どこ行くんですか、阿良川さん！」

「ああ、川久保さん。ちょっと顔を洗いにお手洗いに……」

「そっち女子トイレですって！」

「ああ、しまった。間違えました」

「ちゃんと確認してくださいよ」

こんな日は一歩先も見えていないから危なっかしいったらありゃしない。

とまあ、こんな具合に何かと目が離せない阿良川さんだが、

「川久保さん。この測定データだけ試験条件とマッチしません。再測定をお願いします。その際、事前のキャリブレーションを忘れないこと。あと試料表面の酸化も疑わしいのでペーパーで軽く擦《こす》ってから測定してみてください。それから測定器のモードがスタンダードになっていないかの確認もお願いします」

一度仕事が始まれば一つのミスもなく、一つもミスも見逃さないから素直にすごいと思ってしまう。元々の性格か、それとも主任としての責任感だろうか。

二か月勤めてわかったが、不具合解析課の仕事はいわゆる会社の何でも屋だ。そのため、時として危険を伴う作業も任せられる。ボーッとしていたら大けがをするような仕事だっ

て日常茶飯事なのだ。

『ご安全に』

社内のそこかしこに貼られている標語は伊達《だて》ではないということだ。

例えば今日は――。


「あと五秒です！　四、三、二、一、終了！」

「……はー」

「川久保さん、終了です！」

「え？　は、はい！」

阿良川さんの大声で正気を取り戻し、慌ててガスのコックを閉じた。同時に猛《たけ》り狂《くる》っていた火柱が消え、殺人的な熱量が少しだけ和らいだ。

「出ましょう、歩けますか？」

遺跡の扉を開くように阿良川さんが軋《きし》みを上げる鉄扉を開き、わたしは無我夢中で実験棟から転がり出た。

「ああ、涼しい！」

まだまだ残暑の厳しい初秋の日差し、その直射日光が心の底から涼やかに感じられた。たまらずアスファルトにへたりこむ。ヘルメットと耐火服を脱ぎ捨てると、ひんやりとした空気が汗だくの胸元を抜けて行った。

キッイ。なんだ、これ。建築用の耐熱材料を六百度の火炎で焙《あぶ》るというでたらめな耐火テスト。まさか冷房もついていないコンクリート打ちっぱなしの実験棟で行うなんて思わなかった。危うく気を失いかけた。

「お疲れ様です、スポーツドリンクをどうぞ。しっかり水分補給してください」

「うわ、神。ありがとうございます」

遠慮も会釈もなくペットボトルに縋《すが》り付き、ねじ切る勢いで蓋を取った。垂直にボトルを立て、一気に喉に流し込む。生き返るとはこのことだ。

「ぶあっ、冷たい。零《こぼ》れた！」

「大丈夫ですか、川久保さん。いきなり無茶をさせすぎたかもしれませんね、すみません」

ギンギラの耐火服を脱ぎながら阿良川さんも顎の汗をぬぐう。

「いいえ……そんなこと……全然……へへへ」

だめだ。苦笑いを返すのが精一杯で大丈夫ですとはとても言えない。先代の派遣社員達が早々に辞めていった理由がようやくわかった。事務職希望で火炎放射なんてやらされたら、そりゃ辞めたくもなるってもんだ。

「無理をしないでください。女性にこんなことさせるべきではありませんでした。午後からは田尻《たじり》さんに手伝ってもらいます」

「田尻課長に？　課長って現場作業なんてしていいんですか？」

「別に禁止はされていません。実際、される方も結構いますよ。あの人は……いい顔はしてくれないでしょうけど。まあ、最悪私一人でも何とかなりますから」

苦笑いでペットボトルを傾ける阿良川さん。確かに、あのお調子者の田尻課長が耐火服で汗にまみれる姿は想像しづらい。

「やっぱりわたしがやりますよ。そのために雇われてるんですから。事務職ですけどへっちゃらです」

「事務職？　いえ、川久保さんは研究補助として来ていただいているはずですが」

「あれ、そうなんですか？」

「はい、こちらは研究補助の募集を出したはずですので。ご存じなかったのですか？」

全く存じあげませんが。いや、でもどうだろう。派遣会社の登録はそれまでやって来たアルバイトの面接とは勝手が違う。エントリーシートを入力する際に何かの誤りがあったのかもしれない。強く言われればそんな気もしてくるけれど……。

「もし手違いがあるなら、すみませんでした。川久保さんが頼りになるものだからつい甘えてしまいました」

「はい？　頼りになるって、わたしがですか？」

あまりに意外な言葉にキョトンとしてそう言うと、阿良川さんも同じ顔でこっちを見下ろしていた。

「ええ。川久保さんは根気の強いお方ですし、真面目で丁寧なのでとても頼りになりますよ。いい人に来てもらったといつも感謝しています。ただ、やはり夢を追う大事なお体ですのであまり無理をさせるわけには」

「ちょ、ちょ、待ってください。なんですか、夢を追うって」

「違いましたか？　日本一のデザイナーになってやるって歓迎会の二次会のカラオケで仰《おっしゃ》ってましたけど」

「そ、そんなこと——」

ぐぅぇぇぇ、言ったかもしれない。最悪だ。マイクを通して何を宣言してるんだ、わたし。やはり二次会なんて行くもんじゃない。

「恥ずかし過ぎる。いい年して何言ってんだって思いましたよね」

「いいえ、まったく。むしろ、かっこいいと思いました」

「かっこ——えっ？」

思わずまたスポーツドリンクを吐き出しそうになった。輪をかけて意外な言葉にもう絶句するしかない。

「私はあんなふうに自分の夢を口にしたことがありません。実は私も学生時代に夢があったのですが、それ一本でやっていく自信がなく、いや違うな、勇気がなく、結局この会社に就職しました。決断に後悔はありませんが、それでもひたむきに夢を追う川久保さんはかっこいいと思います」

「やめてください。そんなわけないです！　わたしがかっこいいとかありえません！」

「かっこいいと思うかどうかは私が判断することですので議論の余地はありません。川久保さんはかっこよくて素敵な女性ですよ」

真顔で何を言い出すんだ、この人は。やめてよ。せっかく火炎が消えたのにまた熱くなってきた。

「もう、がらにもないこと言わないでくださいよ」

「はっ！　す、すすす、すみません！　今のはセクハラでしたね。謝罪します、忘れてください。それでは私は作業に戻りますので、川久保さんはもう少し休憩していてください」

「いえいえ、わたしも手伝いますよ」

あわあわと耐火服を着込む阿良川さんに反応して、わたしもペットボトルを置いて立ち上がる。

「結構ですよ。やはり女性にこんな仕事はさせられません。それに職種の件も気になりますし。本当に事務職を希望なされていたのならこの部署で働くこと自体が――」

「あー、いやいや、気にしないでください。きっと勘違いですから。書類とかよく読まないで適当にサインしちゃうタイプなんです、わたし。だから大丈夫ですよ」

「それは本当に大丈夫な状態なのですか？」

「大丈夫です。それにあんな実験一人でやる方が大丈夫じゃないでしょう。もし、阿良川さんが倒れたら誰が助けるんですか」

「おっと……確かに不安全行動ですね。これは一本取られました」

耐火服に片腕だけを通したまま、阿良川さんはアルパカを思わせる顔で微笑《ほほえ》んだ。

「では、一緒に来ていただけますか？」

「はい、火炎ぐらいどんとこいですよ！」

ランウェイに踏み出すモデルのように颯爽《さっそう》と実験棟に踏み込んだわたしは、

「本当に頼もしいですね、川久保さんは。次は七百度まで温度が上がりますので気を付けてくださいね」

ガスコックを捻《ひね》った一秒後に、もう決断を後悔していた。

＊

「うわっ、何かべっちゃっべちゃのヤツ来たぁ！　どないしたん、川久保ちゃん」

汗みずくでふらつきながら食堂にたどり着いたわたしを、美咲《みさき》さんの包み隠さない言葉が迎えてくれた。

「いやあ……ちょっと……仕事で。七百度の火炎に焙られまして……へへへ」

「火焙りじゃん。女にどんな仕事やらせてるのよ。相変わらず不具合解析課は滅茶苦茶《めちゃくちゃ》ね」

ああ、違うんです、真雪《まゆき》さん。阿良川さんには止められたけど、わたしが意地になっただけなんです。

「やっぱ、阿良川さんって一回誰か偉い人にガツンと怒ってもらわなアカンよな。この前もまた女子社員とぶつかりそうになってたし」

ああ、それも違うんです、美咲さん。あの人、単純に前が見えてないだけだから。

思いは色々湧いてくるが、喋《しゃべ》るのも億劫《おっくう》なのでとりあえず天蕎麦《そば》の出し汁を一口啜《すす》ってみる。業務用調味料の味が疲れた体に沁《し》みた。

「本当に大丈夫なの、川久保さん。いくら研究補助で派遣されてるからって業務がキツかったらちゃんと言っていいのよ。一度派遣元の担当者に相談してみたら？　コスモスエージェンシーだったよね、派遣会社」

「そんな。大丈夫ですよ、そこまでしなくても。てゆーか、やっぱりわたしって研究補助だったんですね」

「ん、何が？」

「いや、わたし的には事務職で希望出したつもりだったんで、ずっと事務職で採用されたと思ってたんです」

「ああ、それはないよ」

いつものベーグルサンドを齧《かじ》りながら、言下に否定する人事のベテラン。

「うちの会社で事務の派遣さんは長らく取ってないのよ。基本的に派遣社員は減らす方向だから。どうしても手が足りない研究補助の場合のみ特別にって感じかな」

「……そうなんですか」

じゃあ、やっぱりわたしの勘違いだろうか。『研究補助』なんて生まれて初めて聞いた単語だけれど、無意識にチェックを入れていたのだろう。

「不安だったらその辺も担当者に問い合わせてみなよ、今度会った時にでも」

「わかりました」

会う時あるかな？　コスモスエージェンシーの担当者には初めてここに連れて来られて以来かれこれ三か月以上も会っていない。人相だってもうかなりおぼろげだ。色の黒い角張ったエラ張り顔を何とか頭に描いてみる。

「それでね、ついでに阿良川主任のクレームも入れちゃうの」

「クレームですか？　さすがにそこまでは……」

「言った方がいいよ。言いにくいならあたしから言ってあげるから」

「あ、はあ……」

どうしたんだろう。今日の真雪さんはやけにグイグイ来るな。誤魔化し切れずに言葉を濁していると、

「まあまあ、真雪さん。本人がいいって言ってるんだからいいじゃないですか。色々あるんですよ、千夏さんにも」

それまでずっと黙っていた愛梨《あいり》ちゃんが、意味ありげな角度に口角を持ち上げた。

「何よ、色々って。全然わからないんだけど」

「鈍いなー、真雪さんは。色々は色々ですよー。ね、千夏さん？」

待って、わたしにもわからない。何なの、そのウィンクは。愛梨ちゃん、あなたとんでもない勘違いしてないかな。

「案外ねー、あるんですよ、こういう二人が……進展があったら報告してくださいね」

進展なんてあるわけないでしょ。その目をやめて。わたしは全部わかってますからねー的な、その目を。どこにも進んだりしないから。

大声で否定したかったけれど、熱に浮かされた頭がうまく言葉を排出できない。二口目の出し汁は、なんだか少し胃にもたれた。

＊

どうやら愛梨ちゃんに変な誤解を持たれてしまったようだ。

それもこれも全部阿良川さん、もとい黒森港のせいだ。やはり、ヤツには要注意、しっかりと動向を監視しておかねば。

などと大義名分をぶち上げて、すっかり黒森港のツイートをチェックするのが日課になってしまった。黒森先生はＳＮＳの更新に熱心なお方のようで、日常生活を中心に頻繁に呟《つぶや》きを更新していらっしゃる。

黒森港
夕飯は鮭《さけ》のホイル焼き。少し焦げたけどおいしいです

黒森港
今朝からずっと歯が痛いので猫の画像で癒《いや》されます。猫っていいな。飼いたいな

黒森港

夕飯はサバ。端が焦げてアルミホイルにくっついちゃったけど、なかなか美味

黒森港
仕事が早く終わったので貯《た》まったポイントでレイトショーを見に行きました。ひさしぶりのコメディ、すごく楽しめました

黒森港
アジ美味《おい》しい。ちょっと焦げちゃったけど、ホイルを破いた瞬間の香りだけでご飯三杯食べられます

黒森港
やったー、明日の天気なんとかもちそう。お日様ありがとう。大亀《おおかめ》緑地公園野外音楽堂のKIZUNAフェス、今年も参戦するぞー!

別段面白いことを呟くわけではないけれど、日常を淡々と報告する様が、阿良川さんっぽくてなんか好きだ。ただまあ、そろそろ焼き魚の火加減は覚えた方がいいかも。弱火あるのみですよ、黒森先生。

あともう一点。気になるのは相変わらずのネットリテラシーの低さだ。直近の予定を堂々と全世界に宣言するなんて、邪悪なストーカーにでも見られたらあっという間に居場所を特定されてしまうじゃないですか。

やはり、阿良川さんは現実でもネットでも放っておけない人である。

そんなわけで、わたしは今、大亀緑地公園の野外音楽堂にいる。

KIZUNAフェス。

入り口で貰《もら》ったパンフレットによると、学生や社会人サークルといった地元の団体がプロのアーティストとセッションする半ボランティア的イベントらしい。ジャンルは歌唱、ブラスバンド、演劇、民謡、ダンスと多岐にわたっており、お祭りよろしく屋台も出ている。

いい雰囲気だ。

ステージも客席も笑顔と活気に溢《あふ》れており、フェス独特の興奮と緑溢れる野外の開放感がちょうどいい調和を醸し出していた。

すり鉢状の客席を見上げる石造りのステージでは、プロの演奏に合わせて高校の合唱部がアンジェラ・アキの「手紙」を歌っている。これがまた引き込まれるんだ。気が付くと大声で一緒に歌いながら手を叩《たた》いている自分がいた。

ああ、フェス楽しい。次何しよう。やっぱり屋台巡りかな。客席の後ろにずらっと並ぶ屋台の暖簾《のれん》。やっぱりソース系から攻めていきたいよね……って、いや違う。楽しんでる場合じゃない。

「阿良川さんを見つけないと」

我に返って独り言《ご》ちた。

わたしがわざわざこんなところまでやってきたのはフェスに参加するためじゃない。阿良川さんのSNS利用に一言注意を促すためなのだ。

……なのに。

「いないなぁ、阿良川さん」

キャスケット帽のつばを少し持ち上げて辺りを見回してみた。

イベント開始からすでに二時間が経《た》っているのにまだ阿良川さんが見つからない。野外音楽堂のキャパシティは千五百人、数字からイメージするほど広くはないのであの目立つ人を見逃すはずがないのだけれど。

黒森港…………2時間前

KIZUNAフェス、スタート！

心配だった天気も快晴で絶好の野外フェス日和です。サイコー

黒森港はもう来てるんだけどなあ。

ツイートの時刻は九時七分、フェスの開始直後で一組目の軽音サークルの写真付きだ。以降、二組目のブラスバンド、三組目のお笑いコントと順次写真付きのツイートを上げて、フェスを満喫されているご様子だ。写真の画角からしてステージ正面に座っているはずなのだけれど。屋台の裏に関係者席でもあるのだろうか。

どうしよう、そろそろお腹《なか》も空《す》いてきたな。焦げたソースの香りが鼻をつく。クンクンと鼻をひくつかせていると、掌《てのひら》のスマートフォンが震えた。利奈からラインだ。

やっぱり今日泊まっていくわ

そういえば、今日は仕事終わりに彼氏とデートとか言っていた。終電で帰ると聞いていたけれど、どうやら気が変わったらしい。この真っ昼間に彼女の性欲を刺激するどんな出来事があったんだろう。

了解、とだけ返事を打ってスマートフォンをしまった。

「さてと、じゃあわたしはもうちょっと阿良川さんを探そっかな」

そう独り言ちて席を立ち、直後に名状しがたい感情がこみ上げてきた。

え、何これ？

ヤバいヤバい……泣いちゃいそうだ。

わたしはいったい、何をやっているんだろう。早起きして、電車賃使って、のこのこんなところまでやって来て、二十歳超えた大人の休日がこれでいいのか？

利奈も阿良川さんも合唱部の女子高生達も、それぞれのプライベートを楽しんでいるというのに。わたしがやっているのは、阿良川さんの追跡？

なんだ、この異常な行動力は。『阿良川さんのSNS利用に一言注意を促すため』、じゃあないんだよ。実行するなよ、思い付いても。他でもない、邪悪なストーカーってわたしじゃないか。

客席に拍手が湧き起こった。地元の声優専門学校の生徒だという司会の女の子が、アニメ声で次の演者をコールする。ややあって民謡サークルの伸びやかな歌声が客席をどっと沸かせた。そんな熱気に押し出されるように席を立った。

もう帰ろう。ここはわたしのような邪悪な存在のいるところじゃない。ごめんなさい、正義の皆さん。せめて出店の売り上げに貢献してから帰ります。そう思ってのぼりの立つ屋台に近寄ったら、

「はい、いらっしゃい」

阿良川さんが焼きそばを焼いていた。

「いたぁぁぁぁぁぁぁぁ――――――――っっ！」

ので、猛ダッシュで屋台の前を立ち去った。

そのまま客席の一番前まで走りきり、座席について息をつく。

いた。

いたいたいたいたいたいたいたいたいたいた。

阿良川さん普通にいた。何してんの、あれ。え、フェス参戦ってそういうこと？　スタッフサイドからの参加なの？　確かに半ボランティア的イベントだから地元の有志がスタッフとして協力していてもおかしくはないけれど。もしかして、朝からずっと焼きそば焼いてた？　わたしの後ろで？

「……びっくりしたぁ」

まだ心臓がドキドキしてる。もうなんなの、あの人。散々探してもいなかったくせに心折れてから出てこないでよ。よかったあ、帽子被《かぶ》ってきて。思いっきり声出ちゃったけど、バレてないよね？

「――うわっ」

振り返ってゾッとした。阿良川さんがこっちへ向かって歩いてくる。

嘘《うそ》、やっぱりバレてた？　もう一度確認する。間違いない。やっぱり来てる。真っ直《す》ぐこっちに歩いてくる。どうしよう、逃げる？　いやだめだ、怪し過ぎる。普通に座っていればいい。わたしだって家が近いんだもん。たまたま出くわしたっておかしくはないはずだ。

「あ、阿良川さん。こんなとこで会うなんて偶然ですね？」

心の中で練習する。三度、四度繰り返す。精一杯さりげなく聞こえるように。

しかし、その努力は無意味なものとなった。声が出ない。いざ真横に立たれると、怖くて顔も上げられない。阿良川さんはそんなわたしを見下ろしながら頭に巻いていたタオルを外すと、

「ここ、空いてますか？」

いつものように丁寧な口調でそう言った。そして、わたしが頷《うなず》くのを待ってから隣の座席に腰を下ろす。

奇跡だ、バレてない。ただ単にステージを見に来ただけだった。よかった、先に動かなくて。

阿良川さんはタオルで額の汗を拭うと、血管の浮き上がる腕でスタッフTシャツの襟を広げて素肌に風を送り込んだ。首に流れた汗の筋がごりごりとした喉仏を光らせている。汗が少し香った。てゆーか、近い。怖い。いつ気付かれるかと思うとせっかく静まった心臓がまたドキドキと騒ぎ始める。

ややあって、ピアノの演奏が始まった。次の出番は社会人の合唱サークル。どうやらこ

れが阿良川さんのお目当てのようだ。つまり、彼らの演目が終わるまで阿良川さんは隣から動くことはないということだ。持ち時間は十五分。十五分⁉　そんな長い時間気付かれずにやり過ごせるわけがない。ああ、心臓がやかましい。どうしよう、もうこっちから先手を打って話しかけちゃおうかな。いや、落ち着け。絶対だめじゃん、そんなこと。黙って小さくなってるのが一番だ。

しかし、全然気付かないな、この人。なんなのよ、わたしが隣でこんなにめちゃめちゃになってるのに。気付いてよ。何をそんなに真剣に見てるんですか。

「──あっ」

絶対にだめなはずなのに、声を抑えることができなかった。

ステージでリズミカルに肩を揺らすピアノ奏者に見覚えがあったから。

特徴的な長い髪の毛を今日は上品なねじりシニヨンにまとめている。前は見えなかった輪郭が顕になり、シャープな顎のラインが際立っていた。

あの人だ。

先週のコスプレイベントの会場で阿良川さんと歩いていた、あの女の人。

全身を大きく使って演奏するタイプのようで、鍵盤の上で軽やかに踊る長い指が目を引いた。

帽子をさらに目深に被り、目線だけで恐る恐る傍らを盗み見る。別に警戒する必要なんてなかった。阿良川さんの意識は一パーセントのブレもなくステージの彼女に集中していたから。

そうか、あの人が本当のお目当てだったのか。

開き直って堂々と阿良川さんの顔を見つめてみた。阿良川さんはそれでもやっぱり気付かない。

「阿良川さん」

名前を呼んでも気付かない。阿良川さんはやっぱり彼女だけを見つめている。

会社で見るのとはまた別の、とても優しい顔だった。

四章　阿良川さん、作業場がドタバタしています

「よし、川久保《かわくぼ》ちゃん。もう一回乾杯しよ。あれ、どこ行くの？　逃げちゃダメだよ」

「へへへ、ビール全部空いちゃったんで、ちょっと取りに行ってきまーす」

瓶ビールが空になる瞬間を見逃さず、気の利くふりをして席を立った。

酔うと途端に絡み酒になる田尻《たじり》課長のテーブルは、ここら辺で離れておくのが正解だろう。久しぶりに履いたパンプスのヒールが歩く度に分厚い絨毯《じゅうたん》にじわりと埋まった。

波多野《はたの》技研安全祝賀会。

ホテルの大宴会場を貸し切って行われている波多野技研のパーティーは宴もたけなわというやつで、あちらこちらからアルコールで乱れた笑い声が立ち上っていた。

さすが大企業の宴会は豪華絢爛《ごうかけんらん》だ。回るテーブルに、北京《ペキン》ダックに、キャビアにフォアグラ。今日一日で初めて見るものがいくつあっただろう。ネット通販で取り寄せた四千円のバーゲンドレスではどうにも気後れは隠せない。

仮にもデザイナーを目指す人間が、こんな間に合わせのドレスで人前に出ることになるなんて。なけなしのプライドがきりきりと痛むけれど、圧倒的に無い袖は、圧倒的に振れ

ないし……大丈夫、今のわたしは仮の姿だ。わたしがプライドを示す場所はここじゃない。

そう自分に言い聞かせ、てろてろのワンピース生地を握りしめながらなるべくホールの隅を歩く。

「おお、お姉さん。水割り一つ！」

「あ、ごめんなさい。わたしコンパニオンさんじゃないんです」

そうしたらホテルの従業員に間違われた。そんな地味か、わたし。いや、地味だな。それに引き換えみんなはすごい。

「ビンゴ、おめでとうございます。お名前をどうぞ！」

「人事の真雪《まゆき》です。よく間違われるけど苗字《みょうじ》なんですよー」

ステージの上では、一番乗りでビンゴを完成させた真雪さんが長い脚をみせびらかすようなパンツドレス姿で堂々と司会者の質問に答えて会場を沸かせていた。

本当はわたしの方が二手早く完成していたのだけれど、金屏風《きんびょうぶ》の立ったステージに上げられることを思うとてもじゃないけど手を挙げる勇気は湧かなかった。

「よっ！　強欲メガネ！　商品よこせー！」

そんな真雪さんに下から野次を飛ばすのは、ワインレッドのサテンワンピースを着こなした美咲《みさき》さんだ。重役連中のテーブルに単身乗り込み、いかにも偉そうな髭《ひげ》のおじさんと肩を組みながら元気にガヤを入れている。

「ええー、待って待って。こんなにたくさんもらっちゃっていいのー？　嬉《うれ》しいなー」

その隣、肩の見えたプリーツドレスを纏《まと》った愛梨《あいり》ちゃんのテーブルには、ビンゴカードを献上する男性社員が我も我もと殺到し握手会もさながらといった様子だ。

長年男社会を渡り歩いてきたからだろう、三人とも気後れすることなくしっかりと場に溶け込んでいる。テーブルを離れ、亡霊のように会場を彷徨《さまよ》っているのはわたしくらいだ。

「お姉さんお姉さん、トイレどこ？」

「あ、あちらの出口から出てもらって右手でーす」

そりゃあ、ホテルの従業員に間違われるのも無理ないわ。

どうしたら飲みの席に強くなれるのだろう。元々そんなにお酒は好きじゃないし、酔っ払いはもっと苦手。ならば食べることに集中しようと思っても、愛想笑いの形の口では何を食べても味がしなくて……。

司会者がビンゴの数字をコールし、重役のテーブルがどっと沸いた。

「ビンゴや！　ビンゴ！　社長、ビンゴしてますよ！　よっ、豪運ハゲ！」

あれ社長だったのか。美咲さんの大声に会場の視線が集まった隙を突き、わたしは重い扉を背中で押した。

脱出成功。どうせわたしなんかがいなくても会は滞りなく進行するんだ。ちょっと外で休憩させてもらおう。くぐもった歓声を背中で聞きながら、足早に二階ロビーへの階段を上った。

「……あれ？」

するとそこにはもう先客が。

わたしと同じく宴の空気に馴染《なじ》めないタイプの兼業小説家が、四脚セットのソファ椅子の一番奥に隠れるようにして収まっていた。

「阿良川《あらかわ》さん？」

「あ、川久保さん。これは……マズいところを見られましたね」

阿良川さんは悪戯《いたずら》の見つかった子供のような笑顔で正面の椅子を勧めてくれた。

「いやー、さすが大企業のパーティーですね。なんか圧倒されますわ」

「そうですね。近年鉄の売れ行きは中国にシェアを奪われて厳しくなっていますが、そこは大企業ですから。見栄《みえ》もあるでしょうし」

隠れ家に潜むようにソファに身を縮め、わたしと阿良川さんは自販機の飲み物でこっそりと乾杯した。阿良川さんに買ってもらった二百円のペットボトルの緑茶、このホテルに入って初めて味のついた飲食物を口にした気がする。

「でも、上の人って本当に飲み会好きですよね。うちの会社やたら飲み会多いし。やっぱあれですか、若手社員にちやほやされるのが嬉しいんですかね？」

「まあまあ、それも仕事みたいなもんですから」

「はー、若手は大変だなー。ご機嫌取りかぁ」

「あ、いえ、そっちではなく」

「はい？」

「上の人達の話です」

なぜか小声でそう言うと、阿良川さんはテーブルを蹴らないように慎重に足を組み替えた。

「上役の人達もね、みんながみんなお酒好きじゃありませんから。家では一滴も飲まないという人も多いんですよ」

「そうなんですか、じゃあなんで飲み会なんてするんです？」

「うーん、飲みニケーションと言えば古臭い言い方だと思われちゃいますかね？」

「思います」

「手厳しいですね。でも、部下に機嫌を取られたフリをするのも上司の務めなんですよ」

「機嫌を取られたフリ……ですか？」

「ええ。研究開発は経験が物を言う業種ですからね。若手はなかなか成果を出しづらいんです。だから、仕事で達成感を得られない若手社員にはせめて飲み会でポイントを稼いだと思わせてやらないとね。部下の見え見えのヨイショに過剰に乗っかってあげるのも上司の仕事なんですよ」

なんだ、それ。そんな複雑な世界なのか、会社の飲み会って。

上司の機嫌を取る若手と、取られたフリをする上司。会場から漏れてくる笑い声が少し違ったふうに聞こえ始めた。

「ややこし過ぎます。それこそお給料を貰《もら》わないと割に合わないですよ」

「そうですね。カビの生えかかった文化ですから、見直しも必要だと思います」

「仕事の話はもういいです。阿良川さんって彼女いるんですか？」

「きゅ、急になんですか？」

阿良川さんがミルクティーを喉に詰まらせた。

「まあまあ、飲みニケーションですよ。阿良川さんの機嫌を取らせてください」

「……い、今は、お付き合いしている女性はいないです」

「おー」

予想通り。やっぱり、あのピアノ弾きは彼女じゃなかったんだ。

「じゃあ、好きなタイプってどんな人なんですか」

「それは、その……難しい質問ですね」

逃げるようにペットボトルを口にくわえる阿良川さん。

「それより元素記号の話をしませんか？　暗記の方の進捗《しんちょく》はいかがです？　希土類とか

覚えていますか」

「スカンジウム（Sc）、イットリウム（Y）、ランタン（La）、セリウム（Ce）それから……」

「……ご名答。もう結構です」

「で、好きなタイプはどんな人ですか？」

「なかなか追求が厳しいですね」

阿良川さんの眉間に苦しそうな皺《しわ》が寄る。もしかすると、直前に上司の心構えを語ってしまったことを後悔しているのかもしれない。

「しいて言えば、まあ、おしとやかで一途《いちず》で純情な方が……好ましいかな……と」

「おー」

「おー、はやめてください」

「髪の毛はどうですか？　ロング派？　ショート派？」

「似合っていれば、どちらでもいいですが……これもしいて言うならば、長い方が」

「おー」

まんまシャルロッテじゃないですか、恥ずかしっ。自作の小説のヒロインは、やはり好みのテンコ盛りになるもんですか？　何かこっちまで熱くなってきた。

「ちょ、ちょっと、川久保さん！　何をしてるんですか」

「はい？」

突然の阿良川さんの大声に手が固まった。

何って、暑いから換気のためにほんの少しスカートを持ち上げただけなんですけど。下着を見せるようなヘマはしていないはずだよね……ん？　もしかして。

「あの、阿良川さん。さっきから首の後ろが痒《かゆ》いんですけど、見てくれませんか？　虫に刺されたりしてないですよね？」

「川久保さん！」

うお、効いた！　後ろ髪をかき上げてうなじを晒《さら》す。こんな古典的なセクシーポーズがクリティカルヒットじゃないですか。そういえば理系男子って奥手の人が多いって聞いたことがあるけれど、阿良川さんってひょっとして……。

「な、何でしょうか、川久保さん」

「いえ、別に……」

自分で始めたことなのに何だか妙に気恥ずかしくなって、目を逸《そ》らすためにペットボトルの飲み口を齧《かじ》った。

どうしよう、図らずも阿良川さんの秘密をもう一つ握ってしまったのかもしれない。置き所に難渋する、極めてパーソナルな秘密。

会場から拍手の音が漏れてきた。どうやら社長の締めの挨拶が始まったようだ。会社員

なら全員ネクタイを締め直して拝聴しなくていけないところだが、

「それにしても暑いですね、この会場は。空調はどうなっているのでしょう」

阿良川さんはそんなことにも気付かないご様子で必死にジャケットをバサつかせて、のぼせた体を冷まそうと試みている。

顔が真っ赤になっていた。

多分、わたしも。

＊

「それって、童貞じゃん」

次の晩、利奈《りな》は二本目の発泡酒をプシュらせながら断言した。

「……やっぱりそう思う？」

「絶対そうだよ。今時うなじ見てボッキしてんでしょ？」

「やめてよ、利奈！　さっきから直接的過ぎだから」

お酒が好きな利奈は仕事が休みの日は昼前から飲み始めるので、夕飯時にはすっかり出来上がっている。明るいうちに散々飲んでいるんだから夜は控えればよさそうなものなのに、「夜飲まなかったら、それは夜の分を昼に回してるだけだから休日を損してる」という謎の理論のもと夜は夜でしっかり飲む。

昨日も飲み会だったから、隣に一日中飲んでる人がいると二日連チャンで飲まされている気になってしまう。

「まあ、とにかく間違いないよ。だって三十過ぎでしょ？　普通に経験ある男なら千夏《ちか》の首の後ろなんて見たってビクともしないって」

「めっちゃ失礼！　わたしのうなじだって本気出したら割とやるよ」

「やってみてよ」

「いいよ」

「本気のやつね」

「わかってるって。ワンピ着てると思ってよ？　髪を上げて……はい、こう」

「虫刺されてるよ」

「え、ほんとに？」

けらけら笑いながら利奈は新しい発泡酒のプルタブを立てた。

「飲み過ぎだって。もうやめときな、明日も仕事でしょ」

「いいじゃん、あたしも色々あるんだから」

「それって仕事のこと？」

女子の憧れ天下無敵のシスタームームーの店長ともなればやはり苦労も多いのか。利奈の手から取り上げた発泡酒の缶をそっと戻した。

「まあ、色々よ。あ、そうだ。読んだよ、シュワシュワの風」

「マジで？　読んでくれたんだ、『シュワルツワルトの風』？　忙しいのに？　え、好き。どう？　面白かったでしょ？」

「んー、まあまあかなあ」

「まあまあ？　まあまあ面白いってこと？」

「まあまあ……普通」

なんて微妙な評価だろう。事前に期待を高めすぎてしまったか。

前のめりのわたしをいなすように、可もなく不可もなくといった表情でグラスに発泡酒を注ぐ利奈。温度差が少し寂しかった。

「面白くなかった？　設定とかわたしはすごく斬新だと思ったんだけどな」

「まあ、あるっちゃある話だからねえ。それよりもほら、誰だっけあのウザい女」

「ああ、シャルロッテ……？」

「あの女、めっちゃ嫌い」

バッサリいかれた。そこを突かれるともう何も言えなくなる。

「で、でもさ、ストーリーはいいでしょ。読みやすいし、グイグイ引き込まれる感じしない？」

「でも、物語が盛り上がりそうなタイミングでいちいち出てくるじゃん、あの女。で、いちいちムカつくからさ。いちいち振り落とされるのよ、物語から。ストレスでしかないのよ、あの女」

めっちゃ怒ってるじゃん。そんなにダメかな、シャルロッテ。

「ネットの評価もちょうど真半分だよね、この小説」

「それってアマゾンレビューってこと？」

「ううん、ツイッター」

ああ、そっちか。そういえば黒森港《くろもりこう》のツイートは偏執的といえるほどチェックしていたけれど、作品についてはスルーしていたな。

早速ツイッターの検索フォームに『シュワルツワルトの風』を放り込んでみる。出版社の宣伝ツイートに挟まれていくつかの感想・評価がヒットした。

呟《つぶや》き自体の数は少なくないものの、どれも半年以上前の古いものばかり。残念ながら『シュワルツワルトの風』は最新ヒットコンテンツというわけではないらしい。ざっと目に付いた感想を読んでみると、利奈の言う通り評価は綺麗《きれい》に割れていた。

面白い。いわゆる転生物とは一線を画している

シャルロッテが大嫌い。男に媚《こ》びててイライラする

読みやすくてすいすい進む。Ｗｅｂ版で続きを読んだけどこっちもいい

自分の部下が目の前でいっぱい死んでるのに、聖夜《せいや》、聖夜。男しか見えてないヒロインが無理。大嫌い。失敗作

ストーリー重視の読者は高評価、キャラ重視の読者は低評価に傾いているのかな。

それにしてもここでもめっちゃ嫌われてるなあ、シャルロッテ。何もここまで書かなくてもいいのに。わたしだってシャルロッテは嫌いだけど、こんなに酷評を目の当たりにしてしまうと、ちょっとショックだ。

「……なんでこんな酷《ひど》いこと書くんだろ」

「もういいよ、シュワシュワの話は。それよりさ、いいもの持って帰って来たんだ。千夏が絶対テンション上がるもの。はい、出ました。シスタームームーの冬の新作カタログでーす」

「……阿良川さんが可哀想《かわいそう》じゃん」

「千夏、聞いてんの？　一緒に見ようよ、今年はパンツがめっちゃいいの。これとかすごい可愛《かわい》くない?」

「ごめん、今はちょっと。そんな気持ちになれないわ」

「なんでよ!」

「部屋に戻るね」

「千夏!」

追いすがる声を締め出すように自室の扉を締め切った。電気も点《つ》けずにふらふらとベッドに倒れこむ。利奈の足音が部屋の前まで追いかけてくるのが聞こえたけれど、

「——もしもし。何? え、今から?」

電話に足止めをくらったようだ。喋《しゃべ》り方からして多分、彼氏。利奈はぼそぼそといくつかの言葉を交わすと、

「千夏。ちょっと出てくるわ。泰星《たいせい》んち」

「うん、いってらっしゃい」

「……カタログ、置いとくからね」

扉の外からそう言い残してアパートから出て行った。

最近、利奈はちょくちょく夜中に彼氏から呼び出されている。それがどういう兆候なのかはよくわからない。

一人になると暗闇の重さが一段階増した気がした。

枕に頬を埋めながらスマートフォンの画面を擦《こす》る。つるつるとツイッターの呟きを遡《さかのぼ》っていくと、『シュワルツワルトの風』の感想をまた一つ発見した。内容は……シャルロッテが嫌いにまた一票か。

言葉が胸に突き刺さるようだった。なんでわたしがこんなに傷ついているのだろう、作者でもないのに。嫌いなものをわざわざSNSに乗っけて放流する人の気持ちが理解できない。いいところだけを見ればいいのに。ストーリーを見てよ、ストーリーを。あと文章。わたしみたいな読書音痴でもスラスラ読めちゃういい文章だと思うんだけどな。

「……阿良川さんはエゴサーチとかしているのかな？」

いや、さすがにプロの小説家はこんなもの見ていられるほど暇じゃないか。自分の生み出したキャラが火だるまになっているとも知らずに、今頃どんな呑気《のんき》な呟きをしているんだろう。

ツイッターを開こうとしたらラインのメッセージが割り込んできた。利奈からだ。

今日泊まってくわ

またか。自分で締め出したくせに胸が少しざわついた。簡単にスタンプを送ってラインを閉じる。

黒森港
ふう、ようやく帰宅。今日は疲れたー
さあ、これからお風呂入って小説家するぞー

黒森先生も一人で頑張っているようだ。飲み会の次の日に残業なんて主任は大変だな。

自分で公表しているとはいえ人の生活を逐一覗《のぞ》き見るわたしとシャルロッテは、どっちが嫌な女だろう。

永遠の愛を誓った旦那からあっさり聖夜に乗り換えたシャルロッテ。

澄ました顔で上司の秘密を探り、半ストーカー状態になっているわたし。

煌《きら》びやかなドレスに身を包みながら貧しい領民のために涙するシャルロッテ。

親友に嫉妬し、一挙手一投足に動揺するわたし。

部下が何人殺されても聖夜に助けられただけで幸せですとか言うシャルロッテ。

「やっぱり、こんな女嫌いだな……」

暗がりに溶けていった呟きがどっちのことを指しているのか、自分でもわからなかった。

＊

もしかすると、わたしはシャルロッテがうらやましいのかもしれない。

たとえ全読者に嫌われていたとしても、シャルロッテは物語の中でその何百倍もの人間から慕われている。もしデザイナーになれないのなら、わたしもシャルロッテのようにたくさんの男にかしずかれながらお姫様みたいに暮らしたかった。

――だけど。

「カドミウムはなんでしょう」

「えっと、Ｋｄ？」

「惜しい、Ｃｄです」

「ああ、くそう」

「では、カルシウムは」

「Ｃａ！　あ、いや……Ｋａかな？」

「残念。こっちはＣａが正解です」

「くそー」

今日もまた、わたしは元素記号に頭を悩ませながら空調の効かないプレハブ小屋でよくわからない仕事をしている。

「さて、では準備ができましたので始めましょう」

「はい」

わたしの前には鍋が二つ。一つにはお湯がグラグラと沸いており、もう一つには氷水が満たされている。一見すると料理でも始めそうな状態だけど……。

「液相熱サイクル試験を開始します」

宣言と同時に阿良川さんは火のついた鍋に金属製の小さな籠を沈めた。籠の中には小型の電球のような部品がぎっしりと詰まっている。これをまず百度の熱湯で十分茹《ゆ》でる。

「出汁《だし》でも取るんですか？」

「取りません。ストップウォッチ見ていてください」

十分経《た》ったら籠を引き上げ、今度は零度の冷水に浸してまた十分。

「これを千回繰り返します」

どういう仕事なの、本当に。こんな電球もどきに怪しげな健康法みたいなこと施して誰が喜ぶのかわからないけど、阿良川さんの目はいたって真剣だ。わたしはストップウォッチを持って十分を計る係。

「……一分経過」

「酸素の元素は？」

「O」

「炭素は？」

「C」

「水素」

「H？」

「軽元素はもう完璧ですね、素晴らしいです」

「おかげさまで。二分経過」

「一分ごとに知らせなくても大丈夫ですよ。三十秒前になったら教えてください。それまでは、そうですね、リラックスしていてください」

そう言うと阿良川さんは眼鏡を外し、組んだ足の上でハードカバーの分厚い本を開いた。チラリと見えた表紙には金文字で『機械材料学』とタイトルが。内容を尋ねてみる気になれないので黙ってストップウォッチを見ていると、こぽこぽと鍋の泡の弾《はじ》ける音がプレハブ小屋の沈黙を埋めていった。

……なんか、気まずいな。

普段お喋りな人が急に黙ると息苦しさを覚えてしまう。だけでなく、何の因果かわたしはこの奇妙な上司の秘密を一方的に二つ、いやもしかしたら三つ握ってしまっているのだ。

小説家であること。性体験がないこと。片想《かたおも》い中であることとその相手まで。すごいな、まるで探偵みたいだ。まあ、後半二つはわたしの勝手な推察だから外れている可能性もあるけれど。

でも、阿良川さんのあの顔は恋する男のそれだと思うんだけどな。その辺り、愛梨ちゃんなら正確に見極めることができるのだろうか。きっと我らが恋愛マスターなら……おっと、いけない。

「間もなくです、阿良川さん」

考え事に没頭していたらストップウォッチを見逃しそうになった。ディスプレイはすでに九分四十秒を示している。

「……阿良川さん？」

なのに、阿良川さんが反応しない。

「阿良川さんって」

「ああ、失礼。どうしました？」

「五秒前です」

「そうですか」

ぞんざいに言葉を返すと、阿良川さんは緩慢な動作で籠に繋《つな》がった鎖を引いて電球の群れを冷水に移した。

「では、また十分後にお願いします」

「はい、わかりました」

……なんだろう、今の。もしかして。

「寝てました？」

「寝てないです」

そうですか。そうですよね。あの仕事の鬼の阿良川主任がいくら作業の待ち時間とはいえ居眠りなんてしないですよね。なんて考えている傍《そば》から、阿良川さんはまたうつらうつらと船を漕《こ》ぎ始める。起こさないように慎重にポケットからスマートフォンを取り出した。

黒森港…………3時間前
おはようございます。と言っても寝てませんが
やってしまった。徹夜なんてしてもいいことないのに。反省。猛省
ああ、目が痛い

なるほど、どうやら本当に寝てはいないらしい。それも昨日の夜から。

大変なんだな、兼業小説家ってのも。昼は会社で人の分まで働いて、夜は家で小説を書く。休む暇なんてありゃしない。小説家がどれほど儲《もう》かるのか知らないけれど、こんな生活の果てに生み出される作品がネットで叩《たた》かれていたら世話はない。

微《かす》かな寝息が聞こえてきた。どうやら本格的な眠りに入りかけているようだ。

睫毛《まつげ》長いな。目を閉じているとよくわかる。男のくせになんでこんなに綺麗《きれい》な肌してるんだろう。無防備な寝顔にスマホのレンズを向けてみた。居眠りの証拠写真を撮ってやる、なーんちゃ……

「んあっ——なんですか、時間ですか？」

「いえ、まだ六分前です」

「何か音がしませんでした？」

「……さあ、作業机を蹴ってしまいましたけど」

「そうですか」

ああ、びっくりした。冗談のつもりだったのに、急に声を出されるからついシャッターを切ってしまったじゃないか。バレて……ないよね？

「では、要領はわかってもらったと思うので後の試験は川久保さんにお任せします。当然昼休みを跨《また》ぐことになりますので、休憩時間に食い込みそうなら切りのいいところで早目に中断してもらって結構です。この場を離れる際はくれぐれも火の始末を忘れないでください。私は奥山《おくやま》さんの研究室にいますので何か用があるときはＰＨＳまで連絡をお願いします」

どうやら大丈夫のようだ。僅《わず》かな睡眠でペースを取り戻した阿良川さんはまた理系スィッチをぎんぎんに入れてプレハブ小屋から出て行った。

奥山さんが誰のことはわからないけれど、多分また、他の人の仕事を手伝いに行くのだろう。

＊

「ごー、よーん、さーん、にー、いーち、はい、終わりー」

ゼロ秒ちょうどでストップウォッチを止め、冷水から籠を引き上げた。

紙を敷いた作業台に籠を載せ、数取器のボタンを押し込むとカチリと小気味の良い音を立てて数字のパネルが回転した。年末の紅白歌合戦の終盤で日本野鳥の会の人達がカチカチやってる例のアレ。名前は『数取器』というそうな。使ったのも名前を知ったのも今日が初だ。

これで九サイクル終了か。お昼休みまでまだ少しあるけれど、中途半端な時間だし昼のチャイムまでここで待機ということになる。

「……暇だな」

さすがにスマートフォンをいじるのはマズいよね。でも、あと五分だし、やることないし、リラックスしていいって言われてるし……ごめんなさい、昼休み五分早く切り上げるから許してください。

誰に謝っていいかわからないのでとりあえず事務所の方角に向かって頭を下げてスマートフォンの画面を擦《こす》った。

黒森港のツイッター、多分わたしは阿良川さんより頻繁にこのアカウントを覗《のぞ》いていると思う。まるで熱狂的なファンみたいで恥ずかしい。

「黒森港のツイッターに動きはなしか……あ、また感想みっけ」

反射的に上ずった声が出た。今度は褒めてくれてるかな。まるで好きな人からのメールを開くようにわくわくしながら詳細をクリックし、

タイトルがだめ。読むまでもない。タイトルで惹かれない作品は駄作、これは鉄板

「……あー」

すぐに笑みが引っ込んだ。期待していた分、損をした気になって少し強めにブラウザバックのアイコンを連打した。

昨日からうすうす気になっていたけれど、こういう人達ってどういうつもりなのだろう。

明らかに作品を読んでいないのに感想を投稿する層。

私の認める私の友達が面白くないって言っていたので低評価です

黒森港。新人賞の読み切りを読んだけど酷《ひど》いもんだった。読んでないけど低評価

表紙ださっ。読まなくてもわかる、面白くないやつや

ダサくないし。表紙のカジュアルドレスとかちゃんと縫製を勉強していないと描けない仕上がりなのに。

気になる投稿は他にもあった。

シャルロッテが不快。こんなヒロインしか描けないなんて作者は童貞に違いない

ご都合主義の連続に作者のルーズな性格が出ています。寝癖つけたまま外出してそう

なんか人格に問題のある作者なんだろうなって感じ。喋《しゃべ》り出したら相手の迷惑とか考え

ずにまくしたてそう

作品ではなく作者への誹謗《ひぼう》中傷。

これはもう犯罪と言ってもいいんじゃないだろうか。阿良川さんの人格なんて、読者にわかるはずがないのに。奇跡的に指摘は全て合ってはいるけれど、そういうところは問題じゃない。

て、なんでわたしこんなに熱くなっているんだろう。たかだか小説の感想ぐらいで。

「たかだか小説の感想か……」

背もたれに背中を預けると、パイプ椅子がギシリと返事をした。

呟《つぶや》いてみよっかな、わたしも。ツイッターアカウントは持っているだけでなんの呟きもしてないから、誰かにわたしまで辿《たど》られる心配はない。

ちょうど昼休みのチャイムも鳴ったし、パパッと簡単に………。

「うわっ、もうこんな時間なの？」

気が付くと、昼休みも半ばを過ぎていた。終わりかけていると言ってもいいかもしれない。

「うー。どうしよう、どうしよう」

バタバタと足を踏み鳴らし、もう一度自分の書いた呟きを読み直してみる。

あれから何度も何度も書いては消しを繰り返し、何とかそれなりのところに落ち着いたように思うけれど。それでも一つを直すと一つが気になる。それをまた直すともう一つ。頭がおかしくなりそうだ。なんでたかが読書感想文の呟きでこんなに悩まなくちゃいけないんだ。

もう呟くのやめようかな。いやでも、せっかくここまで書いたんだし……。

「もう知らんっ！」

はい、送った。もういい、もう見ない。

スパンと音を立ててスマホカバーを閉じた。ああ、肩が凝った。まさかこんなに時間を食うなんて。もうお腹《なか》がぺこぺこだ。

「よし。お蕎麦《そば》だお蕎麦だ、エビ天だー」

照明のスイッチをグーで押し込み、バタバタとプレハブ小屋を後にした。


社員食堂は広い敷地《しきち》の南の端に建てられている。

ただでさえプレハブ小屋から遠いのにツイッターのせいですっかり出遅れてしまった。よもや天蕎麦が売り切れることはないだろうけど、ぐずぐずしていたら美咲さん達が引き上げてしまう。肩身の狭い派遣の身だ。ご飯ぐらいは女の子同士で固まってゆっくり食べたい。

食事を終えて引き返してくるおじさん達の群れに逆行して足を速め、

「あれ？　ちょっと待てよ」

ようやく食堂の入り口というところで足が止まった。

鍋の火消したっけ？

阿良川さんに必ず消せと念を押されたコンロの火。消した、よね？　うん、消した消した。籠を机に置いて、その流れで確かに消したはずだ。大丈夫、消してる消してる。良かった、消してて。間違いなく絶対に消している……。

「ああ、もう！」

引き返しちゃうんだよなー、こういう時わたしって。消してるに決まってるのに。全く、自分で自分が嫌になる。これで今日はボッチ飯確定だ。半泣きになりながらプレハブ小屋に引き返し、

「んん？」

今度はプレハブ小屋の入り口で足が止まった。

窓から明かりが漏れているのが見えたからだ。おかしいな、出る時に確かに照明は消したはずだ。こっちはちゃんと覚えている。パンチをするようにグーでスイッチを押したんだ。

じゃあ、中に誰かいるんだろうか。こっそりと窓から中を覗いてみると……天井まで届きそうな大きな背中。

阿良川さんがコンロの前に突っ立っていた。

やっぱり火を消してなかったのだろうか。いや、違うな。阿良川さんが見ているのはコンロじゃなくて手の中の、スマートフォン？　心なしか手が震えているように見えるけれど。

その震えた拳がゆっくりと頭の上まで持ち上げられ、

「よ――――しっっっ！」

阿良川さんは渾身《こんしん》のガッツポーズを繰り出した。

「よしっ！　よしっ！　よしっ！　よーしっ！」

何度も何度も、何度も。

「ありがとうございます！　ありがとうございます！　ああっ、やったやったやったー。ああ、嬉《うれ》しい。うわあ、嬉しいー！」

そして、ひとしきりはしゃぎ回ると、突然力尽きたようにガックリとパイプ椅子に腰を下ろした。

「くはー！」

かと思ったらすぐにバタバタと長い足を踏み鳴らす。それからようやく静かになり、まるでペットでも撫《な》でるようなうっとりとした手つきと顔つきでスマートフォンの画面を指で撫でた。

「そうなんだよなあ、奴隷の説得と教会の戦闘な。ここ頑張ったんだー。電車乗り過ごすとか。ああ、嬉しい。ちゃんと見てくれてるんだ。ありがとうございます、ありがとうございます」

何度も何度もお礼の言葉を繰り返す阿良川さんは、ついにはスマートフォンをおでこに掲げて立ち上がり、

「励みになります、チカリーヌさん」

画面に向かって深々と頭を下げて見せた。

そこまでしっかり確認してから、わたしは静かに窓から離れた。

＊

「おお、川久保ちゃん。遅かったやん、今からご飯？」

「ごめんね、なかなか来ないから帰って来ちゃった。何かあったの？」

「一人で大丈夫ですか？　あたしお茶だけなら一杯付き合えますよ？」

「いや、平気だよ。ちょっと阿良川さんに捕まってただけだから。パパッと一人で食べちゃうね。へへへへ」

食堂の入り口でちょうど引き上げてきた女子校島の面々とすれ違った。どうやらギリギリまで待ってくれていたようだ。ありがたいやら申し訳ないやら。

つい反射的に阿良川さんのせいにしちゃったけど、いいよね。広い意味では阿良川さんに何かされたとも言えるし。

いやあ、えらいモン見たぁ。阿良川さん、涙ぐんでたじゃん。そこまで嬉しいもんなんだな。あの阿良川さんが……。

「はい、天蕎麦お待ち」

「…………」

「お嬢ちゃん、天蕎麦よ」

「あ、はい、すみません」

食堂のおばさんに二度呼ばれて、ようやく天ぷら蕎麦に気が付いた。いけないいな。気を抜くとついついさっきの光景が脳裏に浮かんで来てしまう。

プレハブ小屋ではしゃぎ回る白衣姿の大男。あの阿良川さんが子供みたいにはしゃいで飛び回って目をキラキラさせて。

「どしたの、お嬢ちゃんニヤニヤして？　いいことあった？」

「え？　そんなそんな！　何もないです！」

不意打ちの指摘に、思っている以上の大声が出た。ペコペコと頭を下げながらそそくさと受け取りコーナーを離れてレジに向かう。

嘘《うそ》。わたし今、ニヤけてたの？　だめだ、一回心臓を落ち着けよう。いや違う。別にドキドキなんてしていない。だってあの阿良川さんだよ？　一回り近く年上のおじさんだよ？　そんな人に、きゅんとなんて来ているはずがない。

それにしても、自分は黒森港より黒森港のツイッターを気にしていると思っていたけれど、全然そんなことなかったな。まさか投稿して一分後にもう作者に見つかるとは思わなかった。

……あの人、めちゃくちゃエゴサーチしてるじゃん。

もうちょっと可愛《かわい》いハンドルネームにすればよかったかな。適当でいいやと思って即決しちゃったけど、ああして声に出して読み上げられると恥ずかしくてたまらない。だめだ。思い出すと顔が赤くなる。これは何由来の赤面だろう。名前の方か、それとも。

「──あっつい！」

たっぷりと汁を吸ったエビ天で唇を火傷《やけど》した。慌てて飲もうとした水のコップを突き飛ばして、テーブルに洪水を巻き起こす。

もう、めちゃくちゃだ。

自分でも自分の感情がわからない。頬が熱い。泣きそうだ。空腹のせいだろう、きっとそうだ。強引に決めつけてエビの天ぷらを齧《かじ》ったらまた口の中を火傷した。

チカリーヌ

『シュワルツワルトの風』、読みました

友人に薦められて購入。面白かったです。読みやすい文章で序盤からぐいぐい引き込まれました

奴隷仲間の説得や、教会との戦いなど手に汗握るシーンの連続で、危うく電車を乗り過ごしてしまいそうになったほど

お仕事も小説も頑張ってください

五章　阿良川さん、雨がざあざあ降ってます

黒森港《くろもりこう》
Web版『シュワルツワルトの風』最新話アップしました！　是非是非、ぜひぜひ、ご覧ください！

黒森港
新キャラ、褒めていただきました！　気に入ってるだけに素直に嬉しいです。この上ない励みです。ありがとうございます

黒森港
近頃、小説を書くのが楽しくて仕方ありません。筆が乗ります。のりのりです。早く帰りたい。早く帰って小説家したい！

黒森港

キャラが勝手に動いてくれるという状態を初めて体験しています。新キャラが作る新展開、どこに連れて行ってもらえるのか、私も楽しみです！

……ここ最近、黒森港のツイッターが絶好調だ。

恐らくわたしの呟《つぶや》き以来。先生は褒められて伸びるタイプらしい。機嫌がいいのは何よりだけど、

「おはようございます、川久保《かわくぼ》さん。元素記号のPbはなんでしょう？　ご名答！　鉛です。数年前に規制が厳しくなってすっかりお目にかからなくなった鉛製品ですが、一番打撃を受けたのがはんだ業界だと言われています。鉛フリーはんだへの移行は——」

リアルでまでうるさいのは何とかならないだろうか。

朝から夕方までみっちり喋《しゃべ》りっぱなしで、吐き気まで催してくる。ただでさえ今日は朝から気圧が不安定で頭が痛いのに。

「どうしました、川久保さん。顔が青いですよ。顔には多くの血管が集まっていて、そこを流れる血液の量は健康状態を表す重要なバロメーターになるのですが——」

阿良川《あらかわ》さん。顔が青い人にかける言葉は、顔が青くなるメカニズムではないと思います。

「お疲れでした」

たまらず五時のチャイムと同時に席を立った。

「川久保ちゃんもう上がり？　また大ニュース仕入れちゃったんだけど聞いてかない？　昨日、材料課の上島《うえしま》さんと毛ガニの食べ放題行ったんだけどさ。そこで誰に会ったと思う？」

「ええっと、誰でしょう。今夜一晩考えてみますね」

ごめんなさい、田尻《たじり》課長。今はちょっと噂話《うわさばなし》には付き合えそうにないです……って、今何の食べ放題って言った？　毛ガニ？　そんなことできるの鮫《さめ》だけだと思ってた。

「毛ガニと言えば、カニは分類上蜘蛛《くも》に近いという説もありまして。タランチュラも味はなかなか悪くないらしいのですが――」

いきなりなんの話始めてんですか、黒森先生。

強烈にこみ上げてきた吐き気に耐えながら、わたしは逃げるように事務所を出た。

＊

「なにそれ、ウケる！」

多分笑われるだろうなと思っていたけれど、やっぱり利奈《りな》は手を叩《たた》いて大笑いした。

「毛ガニの食べ放題とかこの世にあるんだ。そんなことできるの鮫だけだと思ってた」

利奈は不具合解析課の話をするといつも楽しそうに笑う。それにしたって、今日は笑いすぎだけど。

「ねえ、気持ちはわかるけど、もうちょっと遠慮して笑ってくれない？　頭痛いし」

「無理。笑い過ぎて吐きそう」

「吐いたら本気で怒るからね」

今、利奈が転げまわっている秋物のラグは先週二人で買って二人で敷いた新品だ。色も形も気に入ってるのに、早速汚されちゃかなわない。利奈はこみ上げてくる吐き気を押し戻すかのように発泡酒を喉に流し込むと、空のグラスでちゃぶ台を叩いた。

「ヤバい。まだ面白い……」

「長いって」

「ごめんごめん。でも、楽しそうでいい職場じゃん。うちもそこで働きたいわー」

「はいはい。シスタームームーの店長様が何言ってんのよ」

「本気で言ってるんだって。そこって派遣から正社員になる道とかないの？」

「え、利奈シスタームームー辞める気なの？」

「あたしじゃなくて、千夏《ちか》がよ」

「わたし？」

「うん、いいと思うよ。泰星《たいせい》が言ってたけど最大手らしいじゃん、波多野《はたの》技研って。そのまま潜り込んじゃいないよ。何より、あんた最近凄《すご》く楽しそうだし──」

「待って待って、ちょっと待って」

際限なく続きそうな利奈の言葉を両手を立てて押しとどめた。

「わたし、就職なんかしないよ。絶対」

「は？　何で？」

「何でって……」

マジで言ってんのか、この子。

「デザイナーになるからだよ、わたしは」

「え……」

「え、じゃないよ。ちょっと、やめてよ。ずっと言ってるでしょ、わたしはデザイナーになるんだから。あんな野暮ったい会社なんてマジ論外。マジ願い下げでーす」

「………………」

あれ、間違えたかな。毒舌で笑いを誘ったつもりだったけど親友の顔からすっと笑みが引いた。利奈は虚《うつ》ろな視線をしばしポテトチップスの空袋に漂わせると、無言で四本目の発泡酒のプルタブを立てた。

「まだ飲むの？　もうおつまみないよ」

「……千夏ってさあ、最近服買ってる？」

「服？　この秋はまだだけど。ねえ、もう止めときなって。最近飲み過ぎだから」

「この前のパーティーも適当な安物着てたみたいだし」

「あれは、まあ……お金ないからね」

「ファッションショーも行ってないし、トレンド調査も全然行ってないよね」

　空気の色が少し変わった。わたしは利奈の視線から逃げるように麦茶のボトルを引き寄せて自分のグラスにドボドボと注ぐ。

「はい、これ以上飲むなら麦茶挟んで」

「デザイン画もコスプレ用のしか描いてなくない？」

「コスプレ用しかって何よ。利奈のコスプレじゃん」

　かわしきれずについムキになった声が出た。

「そうだけど」

　そう言うと利奈は差し出された麦茶を無視して発泡酒を缶のまま呷《あお》った。酒よりもアルコールそのものを必要としている、そんな類の飲み方だった。

「ねえ、千夏」

「何？」

　いつの間にか外は雨になっていたようだ。

開けた窓からアスファルトの湿る匂いが漂ってくる。雨の匂いがわかると言うと、東京生まれの元彼は田舎者の特殊能力だと笑ったもんだ。

どうして今、彼のことを思い出したりしたんだろう。今までずっと忘れていたのに。

「あんたって、本気でデザイナーになる気あんの？」

一瞬、耳から雨音が消えた。

膝が痛い。眩暈《めまい》がするほど強く膝を攻めたてているのは、自分の爪だった。

「もう千夏には、そんな情熱ないんだと思ってた」

「……何よ、それ？」

「いいんだよ、別に責めてるわけじゃないから。諦めるなら諦めるで全然いいと思う。でも、そうなったらちゃんと働かなきゃだし。今お世話になってる会社をそんな感じでディスるのは違うんじゃないって思っただけ」

「諦めてないよ。デザイナー目指すって言ってんじゃん」

「だから、それが見えないって言ってんじゃん」

カンッと乾いた音を立てて、利奈は発泡酒の缶をテーブルに置いた。跳ねた飛沫《ひまつ》がここ一週間フローリングの一部と化していたシスタームームーのカタログをぽつぽつと濡《ぬ》らす。

わたしが手に取ることもしなかった、冬の新作のカタログ。

「ぶっちゃけさあ、もう服に興味なくなったんじゃないの？」

「そんなこと――それは……」

前までは利奈がカタログを持ち帰る度に二人できゃいきゃい言いながらページに噛《かじ》り付いていた。わたしならこれを買う、これはきっとあんたに似合う、こんな服を作りたい、そんなことを言いながら夜遅くまで楽しくお酒を飲んでいた。

「今日ね、うちの店にデザイナー志望の子が来たの。自分が作った服を置いてくれって頭下げられた」

「は？　何それ。できるわけないじゃん、そんなの」

「うん、できるわけないよ。もちろん断った。変なやつだなーってバイトの子達も笑ってた。でもね、そういうのなんじゃないかなって思った」

そういうの？

「よくわかんないけどさ、わたしビジネス科だったし。でも、プロの何かになろうって子に必要なのは、そういうのだと思った。バカみたいでも、笑われても、自分にやれるだけのことをがむしゃらにやるっていうか。千夏に一番足りてないところ」

「何が言いたいの？　わたしも服作ってショップ回れってこと？」

「違うよ、そんなこと言ってないじゃん」

「じゃあ、何なのよ。なんでそんなこと言われなきゃいけないの」

抑えようとしても声が震えた。

胸の奥で得体の知れない何かがどんどん膨らんでいく。頭が痛かった。

「服屋の店長がそんなに偉いわけ？　余裕じゃん？　バイトの学生顎で使って？　デザイナーのワナビいいようにあしらって？　お酒飲んで友達にダメ出しして？　そりゃあ気分がいいでしょうね」

「はあ？　何、その言い方。自分でショップ逃げ出したくせに」

「ほら、やっぱりわたしのこと見下してるんだ。もうほっといてよ」

「千夏！」

「わたしの人生でしょ！　利奈には関係ないじゃん！」

また、雨音が遠ざかった。胸に膨らんだものを吐き出すと、そこがそのままぽっかりとした穴になった。

訳もなく、急速に、世界で一人ぼっちになった気がした。

「……そうだね、あたしには関係ないよね」

利奈がまた一口アルコールを口に含む。唇の端から泡が垂れていても、怒りで唇が震えていても、やっぱり利奈は可愛《かわい》かった。

「もう寝るね、疲れたし」

潤んだ瞳を隠すように目を合わさずにそう言って自分の部屋に引っ込んだ。後ろ手に扉を閉め、いつもはかけない鍵をかける。

おやすみ。微《かす》かに利奈の声が聞こえた気がしたけれど、わたしは何も答えずに布団に潜りこんだ。

雨音はどんどん大きくなっていく。

まるで、部屋の中にまで降りこんできているかのように。

＊

次の日、雨はますます激しくなった。

朝方、乱れに乱れた鉄道のダイヤは夕方になって完全にストップし、復旧のめどは立たないというお決まりのアナウンスがあった。

弱り目に祟《たた》り目とはこのことだ。電車が止まると帰宅する術は車か徒歩。安い時給で働く派遣社員にタクシーという選択肢はなからないし、バスの路線からも外れているので実質的には徒歩一択。

いや、徒歩って。正門の横で立ち尽くし途方に暮れた。いやいや、徒歩って。

スマートフォンで経路検索できるので道に迷う心配はないけれど、グーグルマップは会社から家までの所要時間を二時間四十分と表示していた。

この雨の中を二時間四十分？　しかも恐らくグーグルマップは人間が二時間四十分を同

じペースで歩き切れると想定して時間を計算している。雨天であることはもちろん、昨晩親友とケンカしてメンタルがボロボロであることなんて考慮に含めてくれない。実際は三時間以上を覚悟した方がよさそうだ。

きっと罰が当たったんだ。利奈に酷《ひど》いことを言ってしまったから。

何であんな言葉を口走ってしまったのだろう。昨日の利奈の顔を思い返す度、鉛を埋め込まれたように胸が重くなる。親友にあんな顔をさせてしまったことがショックで堪《たま》らなかった。今朝から謝るタイミングを計っていたけれど、結局何も言えないままで……。

「濡れればいいんだ、こんなわたしなんて」

捨て鉢な思いで歩き出した。

途端に雨が強くなる。風と手を組み、傘を迂回《うかい》するようにして吹き付けてくる。ちょうどいい、雨も風ももっともっと強くなれ。風雨に洗われれば汚いわたしもちょっとは綺麗《きれい》になるだろう。

滝に打たれる行者のように一歩一歩を踏みしめながら歩く。その横を自動車が何台も通り過ぎて行った。どやすようにヘッドライトの明かりを浴びせかけクラクションを響かせながら。邪魔だったかな。ごめんなさい、なるだけ歩道の端を歩いたつもりだったのですが。

クラクションはまだ止《や》まない。まるでわたし一人を狙い撃ちにするかのようにビービー

と鳴り続け、最終的に歩道に横付けし、

「送りましょうか、川久保さん」

ついにウィンドウを開いて直接声をかけてきた。


「こんな雨の日に徒歩で帰るなんて無茶ですよ」

車の扉を閉めると、あれほど鼓膜を圧迫していた雨音や他の車の走行音がすっと耳から遠ざかった。仄《ほの》かに漂うコロンとジャズのベース音、阿良川さんの車の中はまるで別世界のようだった。

「寒くありませんか？　濡れたのならその辺にタオルがあったはずですが」

「大丈夫です、ありがとうございます。阿良川さんって車でも通勤してたんですね」

「こういう電車が止まりそうな時だけは車を使うようにしています」

言いながら、阿良川さんは滑るように車を発進させた。多分運転が好きなんだろう、大雨を苦にする様子もなくハンドルを操っている。

緑の車体に白い屋根を乗っけた小さな自動車。車は詳しくないのでミニクーパーだと説明されてもピンと来ないけれど実用よりも趣味を重視しているのは外観でわかる。大きな体を不釣り合いな小さな車内に押し込めて運転しているのが少し可愛く見えた。

「どっちに行きましょう。このまま川沿いか、国道で行くか」

「えっと、わかんないです。家は寺田駅《てらだえき》なんですけど」

「なるほど、国道にしましょうか。本来は川沿いが近いですが、この雨ですから避けたほうがいいでしょう」

フロントガラスを伝う水滴が左に流れた。曲がっても体が横に振られない。加速も減速もスムーズで、もちろん歩行者に水を跳ね上げることもない。

「運転うまいんですね」

「慣れてますから。何か用事がある度に実家の母に呼び出されるんです。私のことをタクシーか運送業者だと思ってるみたいで」

母親思いだねー。車を所有している人は大人に見える。阿良川さんは年齢的にもちろん大人だろうけれど、実家に車がなかったせいか運転の上手《うま》い人には問答無用で頼りがいを感じてしまう。

「この車って、いくらするんですか?」

「いきなり価格を聞きますか。まあ、三百ちょいですかね」

「高っ!」

「普通です」

……普通。それは車の価格としてなのか、それとも三十代の独身管理職の買い物としてなのか。どちらにしろ、わたしとっては普通じゃない。

「どうしました、ジロジロと見て」

「いえ、別に。カッコいいなって思いまして」

「ちょ、ちょっと！　運転中にふざけるのはやめてください」

大風にも取られることのなかったハンドルが、ちょっと乱れた。別にふざけたつもりはなかったのだけど。

認めたくはないが、阿良川さんはかっこいい。人生そのものがかっこいい。いい大学に入り、大きな会社で働き、管理職になり、みんなに頼られ、その上小説家になるという夢まで叶《かな》えている。運転もうまいし、背も高いし、徹夜で小説を書いていてもミスなくバリバリ働いている。

それに比べてわたしはなんだ。何も手に入れたものがない。そのくせ親友の真摯《しんし》な忠告でさえ受け入れられないわがままな子供。

忙しそうに右往左往するワイパーを目で追いながら、視界の端に阿良川さんの横顔を捉えた。仕事中とはまた違った真剣な表情。大人の男の、夜の顔。

「もうすぐ寺田駅です、次はどっちですか？」

「左です」

本当は右だ。左は住宅街から離れた飲み屋街。

「次のコンビニで右に入って、すぐに左……」

に、曲がると西洋のお城を模したいかにもそれらしい外観のホテルの前に出る。

「ここで止めてください」

わたしは何をしようとしているのだろう。

多分、自暴自棄になっている。膨れ上がった劣等感を最低の方法で鎮めようとしている。阿良川さんを巻き込んで。わたしが持っていないものを全て持っている、そんな人を自分のレベルまで引きずり降ろして。

「……ここでいいのですか？」

阿良川さんの問いかけに静かに頷《うなず》いた。

あるいは、ここなら阿良川さんに勝てると思っているのかもしれない。こうすれば、利奈に追いつけると思っているのかもしれない。どっちにしろ、最低だ。最低の女だ。

「そうですか」

そう言って、阿良川さんは黙って外に出た。わたしも無言で車を降りる。今日の下着は可愛かったかな、そんなことを考えながら。

阿良川さんは雨に濡《ぬ》れるのも気にせずにじっとホテルを見上げている。お城のてっぺん、お姫様がいるところ。シャルロッテのいるところ。そして、いつもの優しいアルパカ顔でわたしに言った。

「ここ、西岡《にしおか》くんの家の近くです」

誰ですか？

「中学高校と同じだった西岡くんです。この辺に住んでるんですよ、西岡得哉《とくや》ご存じないですか？」

「えーっと、阿良川さんの同級生を知っているか、という質問でしょうか？」

「知らないですか。地元では結構な有名人だと思っていたのですが。フルート奏者をやっていましてね、雑誌に載ったこともあるんですよ。婚約を機にフルートをやめまして実家の中華料理屋を継いだんです。何代も続く老舗の店でエビチリが名物なんですよ。いつか食べたいと思っていたのですが」

「はー、エビチリですかー」

その話、今いるか？　よく見てください、阿良川さん。こんなにチョロイ女がホテルの前に立ってるんです。その話は本当に今必要な話ですか。

「よし、決めました。ここまで来たのも何かの縁です。今から食べに行ってみようと思います」

絶対他に食うもんあるでしょ！

「川久保さんもお気をつけて。もし風邪薬を常備しているのなら飲んでから寝てもいいかもしれません。それではまた明日」

うそうそうそうそうそうそ。やだやだやだやだやだやだ。

それはだめです、阿良川さん。そんなことはやっちゃだめ。どこの世界にラブホテル前に女降ろしてエビチリ食べに行く大人がいるんですか。お願いだから持って行って、わたしの最後のプライドなの。

「川久保さん、元素記号のHは？」

「セッ……水素！」

「ご名答、それではまた明日！」

……マジか、この人。

雨天にエンジン音が吸い込まれていく。雨水を跳ね上げてミニクーパーはルンルンで走り去った。気のせいか、屋根から弾《はじ》け出る音符マークが目に見えるようだった。

信じられない、本当にやりやがってくれたよ。恥ずかしい。何、この気持ち。劣等感がそのままのサイズで羞恥心に変わっていく。

「また明日じゃ……ねーんだよ」

呟《つぶや》いた瞬間、雨が一気に強くなった。傘も差さず立ち尽くすわたしの横をすり抜けて、若いカップルがホテルに駆け込んで行く。『何、この子？』、すれ違いざまそんな視線を浴びた気がした。何でしょう。わたしはいったい何なんでしょう。教えていただけますか、ねえ、カップルさん。

「帰ろ……」

なるべくホテルが目に入らないように振り返った。お姫様になり損ねた女をあざ笑うかのように雨はますます強くなっていった。

駅の反対側で降ろされたせいで、家に帰りつくまでに三十分以上も歩く羽目になってしまった。その間にも風雨はどんどん強くなり、ようやくアパートまで辿《たど》り着いた頃には下着までぐっしょりになっていた。

ちょうどいいよ。おかげさまでくだらない見栄《みえ》や意地まで綺麗さっぱり流れ落ちた。今なら素直に利奈に謝れるだろう。

「ただいまー！」

覚悟を決めて鍵を回し、べっしゃべしゃのまま部屋に上がると、

「おかえり……」

べっしゃべしゃの利奈が床にへたり込んでいた。

「うわ、利奈。何そのカッコ？　ずぶ濡れじゃん。泰星くんに車で送ってもらったんじゃなかったの？」

「……ケンカした」

「は？」

「途中でケンカして、あったま来たから飛び出して歩いて帰ってきた」

「……ばかぁ」

「千夏は？　電車動いてたの？」

「動いてない。阿良川さんに車で送ってもらった」

「下まで？」

「ラブホまで」

「……やったん？」

「ううん。ホテルの前に置いてかれた」

「なんで？」

「わかんない。エビチリ食べたいからって」

「………………」

しばし、わたし達は無言で見つめ合った。

ずぶ濡れの利奈。酷《ひど》い格好だ。髪の毛が頬にべったり張り付いて服はボロボロ、メイクも崩れて色気なんてあったもんじゃない。前髪から顎から滴がしたたって打ち上げられた海草みたいだ。まるで鏡を見ている気分。多分わたしも同じ状態なんだろう。

二人で同時に噴き出した。お気に入りのラグが濡れるのも構わずにお腹《なか》を抱え、手を叩《たた》いて転げまわった。

「超ウケる、あんたエビチリに負けたんか？　あんなもん七百円でスープ付くのに」

「うっさいな、慰めてよ。わたし本当に傷ついたんだからね」

「はあ？　負けてねーし。あたしなんか泰星に浮気されたわ」

「マジで？　負けた！」

「しかも、うちの店のバイトの子と」

「最悪じゃん」

「最悪、ほんっっと最悪。一番信頼して、一番可愛《かわい》がってた子だったのに」

「明日からお店どうすんの？」

「知らん、明日のことなんて。とりあえず今日だ。今日はもう飲むしかない。今日飲んでから明日のことを考えよう」

「その前にシャワー浴びよ、風邪引くわ」

「一緒に入る？」

「キモいって。利奈が先入って。わたしは後から入るから」

「何でだよー、一緒に入ろうぜー、千夏。寂しいんだってー」

「もういいから、そういうの」

「ほらほら、脱げよー。揉《も》まれそこなった乳見せてみろよー」

「はい、殺す」

きゃあきゃあ言い合いながら利奈を脱衣所に押し込んで扉を閉めた。シャワーの順番を譲ったのは、せめてものお詫《わ》びの印。扉に額をくっつけた。

「利奈……」

「何？」

「ねえ、利奈」

「だから何だよ」

何度この名前を呼んだことだろう。大好きな利奈。わたしをいつも導いてくれる。ショップを辞め、実家で腐っていたわたしに一緒に住もうと言ってくれた。「あんたと暮らすといいことある気がするんだよね」、初めて喋《しゃべ》った時と同じ言葉で。

「昨日はごめん」

言えないけど、そんな思いを拳に込めて外から三回ノックした。苦笑い一つ分の間を空けて中から二回のノックが返って来る。次はこっちから一回、中からも一回。最後にガリガリと爪で引《ひ》っ掻《か》き合った。

雨も風も昨日よりはるかに酷くなっている。

それでも、もう音は気にならなくなっていた。

＊

黒森港
やっほーい！　昨晩は久しぶりに旧友のお店に行ってきました。エビチリが自慢の西岡食堂！
エビアレルギーなのでやっぱりエビチリは食べられませんでしたが、たくさん元気をもらってきました。また小説頑張るぞ！

……エビチリ食べてないんかい。

朝から随分とご機嫌なようで何よりです、黒森先生。そりゃあ自棄《やけ》になった女を抱くより、久しぶりの友達に会った方がエネルギーもチャージされるでしょう。女のプライドを粉々にして食べる飯はうまかったですか？　おかげさまでこっちは寝不足と二日酔いです。

でも、遅刻せずに出社しました。二日酔いを理由に会社を休む正社員がちらほらいることは知っているけど、わたしはこうして出社しました。だからというわけではないですが、阿良川さん。わたしに与えてはもらえませんか。

純度百パーセント。混じりっ気なしの…………逆恨みをする権利を。

というわけで翌日の昼休み。わたしは一番に食堂に駆けつけた。家から持参した巾着袋に刃物を潜ませながら。

隠れて陰から注文カウンターを監視する。フライング気味にやって来る正社員や、楽しそうにお喋りする女子校島の面々をやり過ごし、待つこと数分。

──来た、大先生だ。

小説のストーリーでも考えているのだろうか、ブツブツと独り言を言いながらいつも通り麺類のカウンターへ向かう。

「天ぷら蕎麦《そば》一つ」

──今だ。

「かけ蕎麦ください！」

ダッシュで阿良川さんの横につき、ほとんど同時にそう言った。

「あれ、川久保さん？　真っ先に出て行ったのに今頃昼食ですか？」

「ええ、まあ……色々ありまして」

指に吊《つ》るした巾着袋をクルクルと振り回しながら、なるべくぶっきら棒に聞こえるようにそう答える。いかにも女の子らしい花柄の巾着袋、数秒後この中から刃が現れる時、阿良川さんはどんな顔をするのだろう。思い知れ、砕かれたプライドの痛みを。

「はい、お待ち。天とかけね」

ややあって、おばちゃんが二つの丼をカウンターに置いた。天ぷら蕎麦はかけ蕎麦にエビ天を載せるだけ、だから出来上がりは同時になる。

「失礼しまーす」

間髪を容《い》れず、阿良川さんのエビ天を箸で持ち上げた。

「川久保さん？　そっちは私のメニューですが……」

「そうですね」

阿良川さんの言葉をぞんざいに流して巾着袋から伝家の宝刀を引き抜いた。

それは、実家を出るなら持って行きなさいとお母さんに託されたキッチンバサミ。二年寝かせてようやく出番が巡ってきた。

「――御免」

じょきん。

ふむ、手ごたえは紙を切るのもエビを切るのも一緒だな。

切り離したシッポを阿良川さんの丼に落とし、エビ天の本体はわたしの丼へ。まあ素敵、かけ蕎麦が天ぷら蕎麦に大変身じゃない。

「じゃあ、そーゆーことでー」

「ちょ、ちょ、ちょ！　え？　え？　川久保さん、いったい何を？」

「阿良川さんってエビアレルギーなんですよね？」

「はい？」

動揺の隠せない阿良川さんの目を見据えてわたしは言う。

「ちょっと前にネットで記事を読みました。エビアレルギーを克服した人の話。毎日少しずつエビを食べて、長い時間かけてちょっとずつ体を慣らしていったらしいじゃないですか。阿良川さん、それやろうとしてるでしょ？」

「……はあ、その記事は存じ上げませんが、一応医師のアドバイスのもとに近いことはやっています。でもなぜ、私がアレルギーだと知ってるんですか？」

あなたが世界規模でバラしたからです。

まったく、努力家というか、一途というか、とにかく頭が下がります。三十過ぎてから体質改善なんて。そこまでして友達の作るエビチリが食べたかったんですか。

「慣らすだけならシッポだけで充分でしょ？　いつも残してもったいないので、こっち側はわたしが食べてあげます。いいですよね？」

「え、ちょ、え？」

「てなわけでー」

戸惑う大先生に笑顔でぺこりと頭を下げ、さっさと一人でレジに向かった。

「いらっしゃい、お嬢ちゃん。今日も天ぷら蕎麦ね」

「あ、違うんです、これはかけ蕎麦で。天ぷら蕎麦はあの人です」

わたしが後ろを指差すと、レジのおじさんが「いいんですか？」の顔で阿良川さんを振り返る。阿良川さんは一瞬ポカンと口を開けてわたしを見返したけれど、

「はい、大丈夫です」

すぐさま冷静さを取り戻して頷《うなず》いた。

やった、交渉成立。まんまと阿良川さんのエビ天を巻上げてやったぞ。粉々にされた女のプライド、ちょっと安いけどこれでおあいこにしてあげますね。

「じゃあ、ごちそうさまでーす」

「待ってください、川久保さん。一点、確認があるのですが」

「確認……ですか？」

「はい」

阿良川さんはわたしに続いてレジを通過し、すっと横に寄って来た。

「私の体質改善にご協力いただいてありがとうございます。ただ、こういうことは続けないと意味がありませんので。これからもこういう形で協力を継続していただけると思っていいのでしょうか？」

「これからもって。毎日ということですか？」

「ええ」

笑顔でうなずく阿良川さん。

「……いいですけど」

「ありがとうございます！　助かります。いやあ、やっぱり川久保さんはいい人だ」

「え？　ああ、はあ……」

今度はこっちが戸惑う番だった。開いた口の塞《ふさ》がらないわたしをよそに阿良川さんはいつものアルパカ顔で、シッポだけのエビ天を蕎麦に浮かべて悠々と一人席へと歩いて行った。

なんだろう、怒られるかなと思って少し身構えていたのに。それって、毎日エビ天くれるってことだよね？　え、いいの？　こんな、人のご飯に無断でハサミ入れるような女とそんな約束して。

席に着いた阿良川さんはエビの尻尾を一口に水で流し込むと、残ったお蕎麦をうまそうに啜《すす》り始めた。

……いいんだろうな、多分あの人は。一本取ったつもりが逆に取り返されてしまった気分だ。やっぱり、阿良川さんは不思議な人だ。

「ああ、来た来た。川久保ちゃん来たで、みんな！」

「千夏さーん。早く早く」

「ごめん、遅くなって」

一度スルーした女子校島メンバーに迎えられてテーブルに着いた。鉄と油の匂いが満ちる仕事場で、唯一自分以外のコロンが漂う時間。ふっと緊張が和らぐ瞬間だ。

「遅かったなあ。お腹空《なかす》いたやろ、早く食べ」

「はい、いただきまーす」

エビのシッポがないことに気付かれないかちょっとヒヤヒヤしたけれど、誰も気にしている様子はない。さっさと証拠を齧《かじ》りとり、ズルズルとお蕎麦をかきこんだ。

「今日もまた阿良川さんに捕まったんですか？」

ミニ麻婆《マーボー》丼を半分以上片付けた愛梨《あいり》ちゃんが眉を寄せて尋ねてくる。

「そうなのよ、困った上司で。これから毎日遅くなるかも」

「マジかいな、最悪やん」

「ほんとほんと。参りましたよ、ははは」

「いや、笑いごとやなくて……ほんまアカンやつやから、それ」

「え？」

どうしたんだろう、女子校島の空気が硬い。

いつも半笑いで阿良川さんの愚痴を聞いてくれる美咲《みさき》さんも愛梨ちゃんも、もう笑ってはいなかった。

二人は真剣な表情で頷き合うと、意味ありげな視線を左に送る。受け取った真雪《まゆき》さんが満を持してという具合に口を開いた。

「ねえ、川久保さん。そのパワハラ今日で終わりにできるかもしれないよ」

「パワハラ？」

まったく想像もしていなかった言葉に思わず大声が零《こぼ》れ出た。

真雪さんは軽く周囲を窺ってからスマートフォンをテーブルの上に置くと、艶《あで》やかなベージュのネイルの載った指で画面を擦《こす》る。

――。

食堂の喧騒《けんそう》が、一瞬耳から遠ざかった。

カバーも保護フィルムも張っていないiPhone 14。

その画面一杯に、黒森港の画像が表示されていた。

六章　阿良川さん、みんながギラギラしています

「えっと、あの……こ、これは……なんですか？」

天ぷらの衣が喉につっかえて、うまく言葉が出てこなかった。

少し照れくさそうにコーヒーをかき混ぜる眼鏡の男――何度見ても間違いない。いや、何度も見てきたから間違いない。真雪《まゆき》さんのスマートフォンに映っているのは。

「ほら、見て見て見て。これどう見ても阿良川《あらかわ》さんやろ？　な？　な？」

ニヤニヤと笑みを浮かべながら美咲《みさき》さんが何度も画面を指差した。

「ただし、名前は黒森港《くろもりこう》っていうらしいけどね」

「ちょっとちょっと二人とも、ちゃんと説明してあげないと。千夏《ちか》さんがポカンとしてるじゃないですか」

珍しく真雪さんの声が上ずっている。それを咎《とが》める愛梨《あいり》ちゃんの目も爛々《らんらん》と輝いていた。

指から声から目から、三者三様の興奮が抑えようもなく漏れ出てきていた。

この興奮は知っている。他者の決定的な秘密を握った下世話な高揚感。わたしがちょっ

と前から味わってきた感覚だ。

「えっと、この阿良川さんの写真がなんなんですか？」

グラスの水を一口飲んでようやくまともに言葉が出てきた。

「ごめんごめん、ちゃんと説明するね。どうやら阿良川主任って副業してるみたいなの。それもなんと小説家を」

「え、えー。そんなまさかー。あの理系人間の阿良川さんが小説家なんてやるわけないじゃないですかー。何かの間違いじゃないんですかー」

「私も最初はそう思ったよ。でも見て、このツイッターのプロフィール。これで確信したのよ」

ああ、終わった。丼に頭を突っ込みたくなった。

そこを見られたらもうごまかしようがない。だから言ったじゃないですか。あんなの見る人が見たら丸わかりだって散々言ってきましたよね。言ってないけど。

「しかしあの阿良川さんが小説家て、笑かしよんな。あんたほんまよう気付いたな」

「本当にたまたまだったんだよ。阿良川って珍しい名前だからなんとなく名前を検索してみてたらこれが出てきた」

「怖っ。さすが電脳女やな。でも、よかったやん、川久保《かわくぼ》ちゃん。どえらい武器を手に入れてもうたやん」

「武器？」

「そう、武器よ。最終兵器よ」

「あ、あー、そうですね。これをネタにからかってやったら面白そうですよね。いきなりキャラクターの名前呼んでみたりとか……ははは」

すでに一度やったイタズラを、さも今思いついたかのように言ってみる。

しかし。

「いやいや、何ぬるいこと言ってるんよ」

美咲さんは、わたしの精一杯の悪意が籠《こも》ったアイディアを弾《はじ》き飛ばすようにぱたぱたと手を振ると、返す刀でしゃっと首筋を払った。

「これで阿良川さんをクビにできるってことやんか」

……は？

一瞬頭が真っ白になった。

何だ。今、美咲さん。なんて言った？　クビって、阿良川さんが？

「……なるんですか？」

「なるやろ。うちの会社副業禁止やもん」

何それ、そんなの知らない。

「本当に？」

「本当だよ。実際にそれでクビになった人いるし。田尻《たじり》課長に告げ口すれば阿良川さんも一発でしょ」

一発。阿良川さんがこんな密告一つで？

考えたこともなかった。なんてことだ。阿良川さんが小説家であることを隠していたのは、わたしのからかいに過敏に反応していたのは、ただ単純に恥ずかしいからだと思っていた。想像もしていなかった、あの阿良川さんがまさかそんなリスキーな選択をしていたなんて。

「チャンスだよ、川久保さん」

「え？」

「今までの恨みを晴らすのよ」

「……恨み？」

何を言ってるんですか、真雪さん。恨みって何のことですか？　わたしが阿良川さんになんの恨みがあるっていうの。

「よっしゃあ。善は急げや、早速今から四人で田尻さんとこに乗りこんだろうか！」

「だめ！」

全員の決意を促した美咲さんの言葉を必死に遮った。

「ええー、川久保ちゃんが反対すんの？　なんでよ？」

なんでじゃない、そんなことしていいわけがないじゃないか。

「それは、だって……」

「だって？」

だって、阿良川さんは頑張っているのだから。

わたしみたいな口だけのワナビじゃない。昼間は会社員として働いて、夜は寝る間を惜しんで小説を書いて。また朝に会社に来て、わたしのようなダメな部下フォローして。また帰って小説を書いて。心無い読者に叩《たた》かれて。頑張って、頑張って、頑張って頑張って頑張って、がむしゃらに夢を追いかけているんだ。

そんな人の足を引っ張っていいはずがないじゃないか。なんでみんな、そんなことがわからないの。

「川久保さん」

わたしが何も言えないでいると、真雪さんがそっと肩に手を添えた。

「わかるよ。怖いよね、男の社員と闘うのって。川久保さんは派遣だから尚更《なおさら》だと思う。偉いよ、ずっと我慢してきて。でも、その我慢ってさ、本来はする必要のないものなの。むしろ、しちゃいけないものなの。私は人事だから川久保さんみたいな子いっぱい見てきた。ねえ、男達がなんで行いを正さないかわかる？　気付いてないからなんだよ。あいつらは自分のやってることに気付いてすらないの。これが一番タチ悪いの。だってほっといても直らないんだもん。気付かせなきゃ。あなたは自分の身を守ってもいいんだよ。パワハラは悪なんだから」

「せやで、川久保ちゃん」

「頑張りましょ、千夏さん」

……ああ、そうか。

ようやくわかった。こんないい人たちが、どうして喜々として人の人生を壊そうとするのか。

善意だからだ。真雪さんも美咲さんも愛梨ちゃんも、みんな百パーセントの善意でわたしを守ろうとしてくれているのだ。わたしが安易に阿良川さんの悪口大会に同調したから。一言も阿良川さんの擁護をしなかったから。

阿良川さんを悪者に仕立て上げていたのは、わたしだったんだ。

「あ、でも、待ってください。仮にチクッて阿良川さんがクビになったとしたら、千夏さんが辞めさせたことになっちゃいますよね。そしたら千夏さん職場に居辛《いづら》くなっちゃいませんか？」

「ほんまやな。どうせ男は男の肩持つやろうし、ヘタしたら契約切られるかも」

「よし、じゃあ川久保さんは抜きにして三人で行くことにしよっか」

ほら、やっぱり。みんなすごくいい人達。自分にだって同じリスクが伴うのに、わたしのことだけを考えてくれている。

「それでええな、川久保ちゃん」

だからこそ、この人達にこんなことをやらせちゃだめなんだ。

止めないと、わたしが。これはわたしの責任なんだから。

でもどうやって？　このままだと三人はわたし抜きでも実行してしまう。どうやったら義憤に満ちた三人を止めることができる？　あれ、なんだろう。なんかデジャブだ。このシチュエーション、覚えがあるぞ。

そうか、『シュワルツワルトの風』だ。前半の、聖夜《せいや》が奴隷達を説得するシーン。それぞれがそれぞれの正義のために対立する奴隷達に、聖夜は命を懸けて理屈を説いた。あれを今、わたしもやらなくちゃいけないんだ。

「それでいいよね、川久保さん」

「……ダメです」

「川久保ちゃん」

「ダメ……ダメなんです」

「何が駄目なんですか、千夏さん」

「それは、その、とにかくダメなの！」

駄目なのはわたしだ。涙が出そうだ。

どうして言葉が何も浮かばないんだろう。どうしてわたしはこんなに頭が悪いんだろう。

「お願いだから、阿良川さんみたいに、聖夜みたいに、説得力のある言葉が出てこないんだろう。

どうしてわたしは、頭を下げることしかできないんだろう。どうして。

「千夏さん。それってまさか……」

不意に愛梨ちゃんの声のトーンが変わった。見れば、マスカラに彩られた大きな目が一層大きく見開かれている。まるで何かときめくものを見つけたように。

……あ。

わたしも見つけた。

そうか、あるじゃないか。みんなを説得できる方法、密告を回避できる方法が。愛梨ちゃんの目の光が教えてくれた。これなら多分、いや、確実にうまくいく。

でも――。

「どうしたんですか、千夏さん。なんで阿良川さんをクビにしてほしくないんですか？」

「それは……」

「それは？」

どうしよう……嫌だな、これ。うん、やりたくないわ、できることなら。

よし、やめよう。きっと他にもっといい方法があるはずだ。わたしを含め誰も傷つくことのない、夢のようなプランBが。

「千夏さん、答えてください」

だめだ、ない。少なくとも今この場では出てこない。くそう、やっぱりやるしかないのか。くそうくそうくそう、黒森港め。

女子校島をぐるりと見回すと、わたしは意を決して口を開いた。

「……わたしと阿良川さんが付き合ってるからです」

「……………え？」

「…………は？」

「…………わーお」

おお、これが。世に言う鳩《はと》が豆鉄砲を食ったような顔ってやつか。三つ並ぶとなかなか壮観だな。そして、一瞬の静寂を挟み、

「ええええええ――――っっっ！」

女子校島のテーブルが爆発した。

「マジでマジでマジで⁉　それ？　うおー、何それ！　怖い怖い怖い！　うわー、マジか！　ほんまにマジのやつか？」

「ちょ……え、嘘《うそ》でしょ？　な、なんで？　え、阿良川主任と……川久保さんが？　え？　嘘でしょ？　だって、え？　なんでなんで？」

「あはははは、ほら言ったでしょ！　こういう二人が案外くっついちゃったりするんですよ。絶対千夏さん狙ってると思ったもん。言ったでしょ、あたし！」

場の空気が一気に切り替わった。

それまで皆の心に燃え盛っていた怒りの炎が、熱量そのままにゴシップの炎へと移行する。三人は皿や丼を吹き飛ばす勢いで顔を寄せると、声を合わせて一斉に叫んだ。

「詳しく教えて！」

やっぱり女子は、いくつになっても恋話《コイバナ》が大好きだ。

「何よ、これ。これが若い子らの恋愛なん？　好きな女子を虐《いじ》めるみたいな？　言うといてよ、オバちゃんほんまに心配したやん！　いつから付き合ってたん？」

「……えっと、二週間くらい前ですかね？　ごめんなさい。なんか言い辛くて」

「そんな前から？　ちょっと待ってよ。私すごく熱く語っちゃったじゃん」

「真雪さん恥ずかしー。え、待って待って。じゃあ最近食堂に来るの遅れ気味だったのってまさか？」

「……はい、阿良川さんと一緒に来てたからです」

「学生か！　甘酸っぱいのう、お前ら。え？　え？　もうやることはやったん？」

「やだ、それ聞きます？」

「聞くね。こうなったら全部吐いてもらうよ。やったの、川久保さん？」

「……は、はい」

「いつ？　どこで？」

「……二日前の雨の日に、ラブホテルで」

「あん時かー！」

「もうやってらんないよー」

「素敵ー」

きゃっきゃとはしゃぐ女子校島を見回しながら、わたしは自分の胸に宿る炎を意識していた。

──屈辱だ。今までの人生で受けたどんな仕打ちより。

「ケータイに阿良川さんの写真とか入ってんの？」

「あ、見たい見たい。絶対入ってますよね」

「見せて、川久保さん」

「……はい、一枚だけですけど」

──ここ四年、ろくに彼氏も出来なかったわたしが。

「寝顔！　ね・が・お！」

「なんかエローい」

「ちょっと待ってよ、これ職場じゃないの？」

「……はい。居眠りする顔が……か、か、可愛《かわい》くてつい撮っちゃいました……」

——なんでわたしよりエビチリを選んだ相手とのノロケ話を創作しなきゃいけないんだ。

なんなの、この空前絶後の拷問は。

「なあなあ、どうなん阿良川さんのって。やっぱでかいの？　口で表してみてや。アレの時の口の感じで表してみて」

「やだ、もう！　それは下品過ぎますって、あたしまだ食べてる途中ですよ」

「だめよ。表して、川久保さん」

これはセクハラですよ、真雪さん。気付いてください。もしくは場所を替えてください。みんなが見てます。食堂中の社員達が異様な盛り上がりを見せる女子校島に疎ましげな視線を送っています。

って、おい、阿良川さん！　なんであなたまでそんな顔してるんですか。食事中はお静かにじゃないんだよ。誰のためにやると思ってるんですか……こんなこと。

「だははは！　ほんまにやってどうすんねんな！　面白過ぎるやろ、川久保ちゃん」

「えー、阿良川さんってやっぱり、そうなんだぁー。すごー。むしろ千夏さんが、すごー」

「はい、次ね。あの人ってどれくらいもつの？」

「もう勘弁してください！」

一度火が点《つ》いた女子トークは泣いても喚《わめ》いても止まらない。

その日の昼休みはチャイムに追い出されるまでお喋《しゃべ》りに没頭し、せっかく巻上げたエビ天を半分以上残す羽目になった。

＊

支援者。取り巻き。信者。

名前は色々あるけれど、ジャンルを問わず歴史に名を残すような偉大な芸術家には、必ずその活動を陰ながら支えてくれる人がいたらしい。スポットライトの当たることのない芸術家の日常生活を、時に自分の身を滅ぼしてまで甲斐甲斐《かいがい》しく支えた裏方。大抵は伴侶や恋人や兄弟肉親である彼らの献身的な働きがあって初めて、作者と作品は日の目を見ることができるのだ。

それはまるで、モデルとフィッターの関係のようでもある。煌《きら》びやかなショーの主役であるモデルと衣装、その裏にいるフィッターという存在を何人のお客さんが認識していることだろう。わたしは今、阿良川さんのフィッターになろうとしているのだろうか。黒森港という偉大な才能が世に出るための支援者に。

まったくもって本意じゃない。

黒森港…………2時間前
おはようございます。原稿の調子がいいと睡眠時間もしっかり取れて気分がいいです。好循環？
早く続きを書きたい。新キャラが好きすぎて一分でも時間があればパソコンを開いてしまいます

いつものプレハブ小屋に、こぽこぽと泡の弾《はじ》ける音が満ちていく。

「安全確認よし。それでは川久保さん、熱サイクル試験の続き、今までと同じ要領でお願いします」

「……はい」

「時間は変わらず高温十分低温十分です。くれぐれも火の始末と火傷《やけど》に気を付けてください」

「……はい」

「どうしました、元気がないようですが。体の具合でも悪いのですか？」

「いいえ、まったく全然健康です。体の方は」

「そうですか、安心しました」

しないでください。どうして精神面の方を心配してくれないんですか。

女子校島の面々に食堂で散々弄《いじ》られ倒したのがつい昨日。一緒に歩くのが気恥ずかしくていつもより一本早い電車に乗ったのに、今日もやっぱり同じ信号で阿良川さんに出くわした。

しかも、こんな日に限ってなぜか美咲さんまで早く来てるし。追い抜き様に飛んできた音の鳴るようなウィンクにどんな意味が込められていたのか想像もしたくない。

「では、始めましょう。最初だけ私も立ち会います」

「……はい」

「鉛の元素記号は?」

「Pb」

「銀は?」

「Ag」

「ご名答」

電球の詰まった籠をお湯に沈めた阿良川さんはストップウォッチの作動を確認し、例によって例の如《ごと》く分厚い本を膝に広げた。しかし、よくよく見ればその視線はページから大きく外れている。唇も微《かす》かにぱくぱくと動いているし、大方小説のストーリーでも考えているのだろう。

「阿良川さん」

「なんでしょう?」

「この会社って副業禁止らしいですね」

「どうしました、急に」

「いえ、この前、田尻課長から聞いたもので。それでクビになった社員がいるそうじゃないですか」

「……土井《どい》さんのことでしょうか」

やっぱり知っていたのか。

「その土井さんって人の副業が何でバレたか知ってます?」

「さあ、存じ上げませんが」

「SNSです。その人かなり自己顕示欲が強かったみたいで自分の副業の様子を事細かにSNSに載せてたんですけど、プロフィールがもう本人丸出しで。どうぞ見つけてくださいってなもんだったらしいです。おまけに自分の写真まで上げちゃってたから、それが総務の人に見つかって一発アウトっていう」

「……そ、そうなんですか」

「そうなんですよー」

嘘だけど。とりあえず、ネットリテラシーがガバガバの阿良川さんには、己の立ち位置の危うさに気付いてもらうことから始めよう。真雪さんも言っていた、気付かないのが一番やっかいだって。

「三十秒前です」

「はい」

アラームに合わせて籠を冷水に移し、阿良川さんは立ち上がった。

「後は頼みます」、そう言い残して部屋から出て行き待つこと数分、そろそろ頃合いかとツイッターを開いてみると、黒森港のプロフィールが綺麗《きれい》に書き換えられていた。

素直で大変助かります。

ストップウォッチを停止させ、籠を熱湯に移し替えた。

とりあえず、第一段階は達成か。とはいえ、こんな物を直したところで枝葉に過ぎない。やっぱり、どう考えても問題はあの写真だ。本来、顔が見えないはずの小説家という副業がここまで阿良川さんの致命傷になり得るのは、全てネットに公開されてしまったあの画像があるからだ。あれを何とかしないとわたしは枕を高くして眠れない。

また、ストップウォッチが鳴った。音を止め、籠を冷水に入れ替える。その流れでスマートフォンを取り出してサイドキーを押し込んだ。

そういえば今までツイッターにばかり張り付いていて、あの画像を直接検索したことはなかった。グーグルの検索フォームに『阿良川明《あきら》 小説家』と放り込んで虫眼鏡のアイコンに指を乗せる。

出た、検索結果の一ページ目。

――おめでとう！　友達の阿良川明、もとい黒森港がついに小説家デビュー

インスタグラムの投稿か。やっぱり知り合いが流出させていたんだ。

これはむしろ良《い》いニュースかもしれない。阿良川さんの成功を素直に喜べるような知り合いなら事情を説明すれば画像を消去してくれるだろう。ネットタトゥーなんて言葉もあるけれど、失礼ながら大ヒット作家とはとても呼べない黒森先生の画像をわざわざ保存しているファンがいるとも思えない。

今ならまだ間に合うかもしれない。焦る心を宥《なだ》めつつ、知り合いと思《おぼ》しきインスタグラムのアカウントへ飛んでみた。

件《くだん》の投稿の日付は二年前、添えられたコメントに見るべきところは特にない。阿良川さんのデビューを祝う文章が若干ポエミーに綴《つづ》られているだけだ。

続いてプロフィール画面へ飛んでみる。プロフィール写真は後ろ姿、ユーザーネームは

『CYOCO《チヨコ》』。写真から性別は女で確定だ。さらに、最近の投稿を追ってみる。

「……やっぱりそうか」

確信を得るまでに時間はそれほどかからなかった。おおよその見当はついていたので、日付を頼りに探していくとすぐにそれは見つかった。

四月二十一日
久しぶりのお友達とショッピングデート。同じ建物でコスプレイベントも行われていたみたいで、会場はさながらお伽噺《とぎばなし》の世界に迷い込んだみたい……

四月二十九日
KIZUNAフェス終了しました。力をくれた方々、本当にありがとうございます。みんなちゃんと見えていたからね。ここでピアノを弾くと楽しく楽しくて……

やっぱり、あの女《おんな》だ。

阿良川さんの行く先々に現れる、髪の長いあの女。阿良川さんが飛び切り優しい顔を向ける、飛び切り綺麗な、あの女。

——ピピピピ。

「しまった！　うわ……あっつい！」

ストップウォッチにどやされて慌てて籠を移し替えたら、はねた熱湯がばさりと左手にかかった。唸《うな》りながら氷を一つ拝借して手を冷やす。うう、痛い。熱い。手がじんじんする。くそう、サボった罰が当たったかな。

どうしよう、これって労災になるのだろうか。何か事故があった時は職場には告げずに早退して派遣会社に報告しろと厳命されている。そうすればコスモスエージェンシーから担当者がすっ飛んできて病院に運んでもらえる手筈《てはず》になっているのだ。呼び出すか、もう名前も忘れた色の黒いエラ張り顔の担当者………。

だめだ。医者にかかっている暇はない。

今は小さな火傷よりあの画像を消させる方法を考えないと。大丈夫、もう熱くない。もう平気。神様、もうちょっとだけサボることをお許しください。この分はちゃんと昼休みを早めに切り上げて補填《ほてん》します。

「さあ、考えろ。あの画像をどうにかする方法がきっとあるはずだ」

阿良川さんにこの投稿の存在を伝えるのが一番手っ取り早いけど、それだとわたしが黒森港の正体に気付いていることがバレてしまう。そんな状況は想像するだに面倒くさい。ヘタをすれば契約を打ち切られることだってないとは言い切れない。

ならば彼女にDMを送ってみるか？　なんと送る？　投稿を削除してくださいって？

ありえない。ブロックされるのが落ちだ。

「なんとか、直接コンタクトが取れないかな……」

独り言に重なってスマートフォンがピコリと可愛《かわい》い音を立てた。利奈《りな》からメールだ。

助けて、千夏

気を抜いたら浮気バイトの子を殴りそうになる。てか、殴りたい

……あっちも大変そうだなぁ。この分だと今夜あたりまた酒盛りになりそうだ。

頑張れ、一時たりとも気を抜くな

とりあえずそう返事をして、

「あれ、ちょっと待てよ」

はたと何かに気付いた。

何だろう、これ。何かが繋《つな》がりそうな気がするぞ。もうちょっとで、どこかに手が届きそうな気がする。あと少しで……あ。

「そうだ、利奈だ」

思えば事の始まりは利奈だった。

利奈が最初にわたしに、黒森港の写真を見せてきたんだ。

そして、その利奈はお客さんに『シュワルツワルトの風』を薦められたと言っていた。とても面白い小説があるからと。

なぜそうなる？　利奈のショップはシスタームームー、当然お客は女性ばかり。失礼ながらさほど売れているとも言えない男性向けのライトノベルを女が薦めて回ったりするだろうか。

もちろん、ないとは言い切れない。

作品の熱狂的なファンか、あるいは——作者と個人的に知り合いであったりすれば。

「ヤバい、ゾクッと来た」

もう一度、『CYOCO』のインスタグラムに飛んでみた。今度は最新の投稿から順々に遡《さかのぼ》っていくと……おお、出てくる出てくる。このパンツも、このブラウスも、このサンダルも見覚えがある。てゆーか、利奈が持っている。出勤着として毎日着回している。全てシスタームームーの秋のラインナップじゃないか。

即座に利奈にメールを送った。

『CYOCO』のインスタグラムのURLを貼り、この人物を知っているかと質問を添える。返事はすぐに届けられた。

うちの大お得意様じゃん。千夏、その人知ってんの？

前に言った、シュワシュワの風を薦めてきた人だよ

「繋がった……」

冷水に浮かぶ氷がカランと小気味よい音を立てる。わたしの独り言に応えるように扉がバタンと開かれた。

「お疲れ、川久保ちゃん。聞いて聞いて、大ニュースだよ。実は昨日営業の有川《ありかわ》部長と伊《い》勢海老《せえび》の食べ放題行ったんだけどさ。部長その時に口滑らせちゃって……」

「ごめんなさい、田尻課長。ちょっと、トイレ行ってきます」

「ええ、なんで！　今からが大事なとこなのに」

本当にごめんなさい、田尻課長。今ちょっとその話入って来ないです。頭を整理しないと。もうちょっとだ、ここからうまくやらないと全てが台無しになる。

てゆーか、伊勢海老の食べ放題って何ですか。それもう、お姫様が食べるやつじゃないですか。なんであなたはそんな夢のようなチケットをポンポン手に入れることができるのですか。

己の欲望を犠牲にして偉大なクリエーターを支えた支援者達。彼らの人生は心の底から尊敬するけれど、できればわたしは支えられる方になりたかった。

七章　阿良川さん、いっちょリア凸してきます

仕事が絡んでこなければ、初対面の人と話すのはさほど苦痛ではない。自分にとっても相手にとっても白紙の関係は、壊す物がなにもない分プレッシャーを感じなくて済む。仲の良さを強要されない相手との沈黙の許される会話は、中途半端な知り合いよりはるかに快適だ。

そういうことで言えば、今からわたしがお茶を共にしようとしている人物は比較的コミュニケーションが楽な部類に入るはずだけど、

「ちょっと、千夏《ちか》。水飲み過ぎだって、お腹《なか》壊すよ」

わたしは今、ここ数年で一番の喉の渇きを感じていた。

際限なく要求されるおかわりに疲れた店員さんが、水の入ったピッチャーを無言でテーブルに置いていくほどに。

「あんたほんとに大丈夫なん？　もうやめとけば？」

「な、何言ってんのよ、利奈《りな》。全然平気だし。だってさ、別に大した話するわけじゃないじゃん。緊張する必要なんて全然ないんだから余裕よ……もう全然余裕、うん」

精一杯無理をして吐き出した強がりは、自分の心にすら響かなかった。利奈はしらけた顔でわたしのグラスを指で差す。ああ、また水飲み干しちゃってるし。

なぜだろう、今から彼女に会うと思うと焼け付くように喉が渇く。

――CYOCO《チヨコ》。

ある意味彼女は、わたしにとって初対面ではないのかもしれない。

顔も知っている。好きな服装も知っている。もちろんインスタグラムはこの一週間で隅から隅まで目を通したので趣味嗜好《しこう》や価値観、日々の習慣までも知っている。そして、阿《あ》良川《らかわ》さんがどんな笑顔を向けるのかも。

「ねえ、利奈。やっぱり一緒にいてくれない？」

「もう十回目だからね、それ」

「お願いお願い、ほんっとお願い」

「ダメ。店の外でお客さんに会うとかありえないから。あたしが同席するのは挨拶まで、後は一人でやって」

利奈は無慈悲に言い捨てると、頼む気もないケーキメニューで顔を隠した。

CYOCOさんが待ち合わせ場所にと指定したのは、KIZUNAフェスが行われた公園のすぐ近くのカフェだった。いかにも彼女が好みそうなオーガニックをテーマにしたオシャレなカフェ。ゆったりとしたソファ席も、開放感ある間取りも、アンティークの照明も、彼女が一つ一つ手ずから選んだかのようだ。

「ほんとはあんたを会わせるのだって規則的にギリギリなんだよ？　約束取り付けるのめっちゃ苦労したんだから。結局あたし一人じゃどうにもなんなくて更紗《さらさ》の機転でなんとかなって……なんであたしが更紗にお礼言わなくちゃいけないのよ。よりによって更紗に、あの更紗に！」

「ごめんって、めっちゃ感謝してるから。ほら、お水飲む？　レモン入ってるよ」

そうか。彼氏と浮気した子、更紗っていうんだ。本当に頑張ってくれたんだね。ありがとう、そしてごめんなさい。

ＣＹＯＣＯと直接会う方法、それはもう利奈に拝み倒す以外になかった。

規則だからと渋る利奈を拝みに拝み、頼みに頼み、最終的に会うのはわたし一人という条件でどうにか会う約束を取り付けてもらった。利奈にＯＫをもらった時はガッツポーズが出たものだが、いざこうして待ち合わせ場所まで来てみると緊張で今にも吐きそうだ。

いや、本当にどうしよう。実際会って何と言う？　会えると決まった日から散々頭の中で会話のシミュレーションを繰り返してみたものの、いまだに正解が見つからない。「初めまして。インスタの画像消してください」とか？

不審過ぎる、通報されてしまうかも。というか、こっちから頼んでおいてなんだけど、よくＣＹＯＣＯさんも会う気になったな。いくら馴染《なじ》みの店の店長の頼みだからって顔も名前も知らない女といきなり二人で会おうだなんて。

「ねえ、CYOCOさんってどんな人？　もしかして変な人じゃないよね？」

「少なくとも今のあんたよりはね」

「そうだ、名前まだ聞いてなかった。何て呼べばいいかな？」

「言ってなかったっけ？　基本あたしはCYOCOさんって呼んでるけど、本名は相原《あいはら》千夜子《ちよこ》さん。上得意中の上得意なんだから絶対に失礼のないようにね」

「わかった、約束する。ヤバい、また喉乾いてきた」

「あ、CYOCOさん来た」

「本当に？——うげっ」

思わず水を吐き出しそうになった。

「CYOCOさん、こっちこっ——うわっ」

手を振ろうとする利奈の腕を引っつかんでソファに伏せさせ、顔にケーキメニューを押し付ける。わたしはわたしでドリンクメニューで顔を隠し、「何すんの」と言いたげな利奈の唇にしーっと人差し指を押し付けた。そして、メニューの上から恐る恐る様子を窺う。

入り口にCYOCOさんがいた。

トレードマークの長い髪を今日は一つに束ねている。シスタームームーの白のブラウスにリネンのベルト付きワイドパンツ、ワンショルダーのストローバッグを肩にさげ、そこにだけ風が吹いているかのように軽やかな印象だ。

悔しいけれど彼女のセンスはとても好き。SNSはどれだけ自分を盛れるかが勝負の世界だが、実物のCYOCOさんの出《い》で立《た》ちはインスタグラムと変わらずいかにも自然体に見えた。

予想通り彼女は店の常連であるらしく、黒縁眼鏡の店長らしき男性と親しげな挨拶を交わしてから窓際の四人席に通された。CYOCOさんは迷わずソファ席の奥側に腰を下ろすと、紺色のクッションをぽんぽんと叩《たた》き、

「彼女達は向かいに座ってもらうから、明《あきら》くんはこっちに座ってくれる？」

それはそれはエレガントに阿良川さんを自分の隣へと導いた。

「はい、失礼します」

大きな阿良川さんと小さなCYOCOさん。息を潜めるわたし達の斜め前に対照的なシルエットが二つ並んだ。

……嘘《うそ》でしょ。何、この状況。

想定していなかった。まさかCYOCOさんが阿良川さんを伴ってやってくるなんて。その思いは阿良川さんも同じだったようだ。グラスの水で口を湿し、居心地悪げに店内を見回している。

「オ、オシャレなお店ですね。私などが入っていいのでしょうか」

「いいに決まってるでしょ、何言ってるのよ」

「すみません、こういう場所は不慣れなものです。ところで、今日はどういう趣旨の会なのでしょう？　人に会うとは思っていなかったもので」

「ごめんね、忙しいのに。でも、わたしだって一人で会うのは不安だし。それに今からくる子は明くんの大ファンだからきっと喜ぶと思って」

──誰が、誰の、大ファンだって？

──しょうがないじゃん。そうでも言わないと会えないでしょ。

わたしと利奈の間で無言の会話が交わされる。なるほど、これが更紗ちゃんの利かせてくれた機転というわけか。確かに姫を釣り出すにはいいアイディアだけど、おかげでどエライ護衛がついてきた。どうしよう、これじゃ出て行く訳にもいかないし。

──取りあえず、時間稼ぐわ。

迷っていると利奈の親指がスマートフォンの上で踊った。直後にCYOCOさんのスマートフォンが鳴る。

「彼女からだ。少し遅れるって」

「自分から呼び出しておいて遅刻ですか？　大丈夫なのですか、その方は」

「そんなこと言わないで。電車が遅れてるんだって、仕方ないでしょ」

「JRですよね？　遅延情報は出ていなかったと思いますが。念のためもう一度確認してみます」

——おい、あのデカいやつ、うぜーんだけど。

——ウザくないよ。真面目なだけ。

斜め前のテーブルで悪口が飛んでいるとも知らずスマートフォンを弄《いじ》る阿良川さん。CYOCOさんはそれを宥《なだ》めるように明るい声で話しかける。

「仕事の調子はどう？」

「仕事とは、どちらの方でしょう？」

「もちろん、小説の方よ」

「楽しいですよ。最近は特に書くのが楽しいです。まあ、人気が伴わないのが悲しいところではありますが」

「これからよ。きっと認められるって信じてる」

「千夜子さんにそう言ってもらえるとお世辞でも嬉《うれ》しいです」

そう言って阿良川さんはぎこちなく笑った。

意外だな、人気とかやっぱり気にしてたんだ。ツイッターではそんな素振り一切見せていなかったのに。適当に見えて、やはり呟《つぶや》きには気を遣っていたのか。

「お世辞じゃないよ。本当に面白いと思ってる。だから今日だってファンの声を直接聞いてもらいたかったの。明くんはもっと認められるべきだと思う。私ももっと力になりたい」

「気持ちは嬉しいのですが、強引な宣伝は控えてください。ＳＮＳの投稿も拝見しましたけど、無理強いして読んでもらっても作者としては複雑です」

「そんな弱気じゃだめよ。こういうのは多少無理矢理にでも薦めないと。わたし達の中から初めてプロになった人だもん。応援させてよ」

「初じゃないです。千夜子さんのピアノの講師だって立派なプロじゃないですか」

「そうね。もちろん講師の仕事にはプライドを持ってるつもり。でも、普通の人はプロピアニストって言われたらツアーに出る演奏者を思い浮かべるもんでしょ」

「私はそうは思いません」

「優しいね、明くんは。でも、わたしの父さんも母さんも誰かにわたしの仕事を聞かれたら、ピアノのセンセーって答えてる。誰もピアニストだなんて言わないの。音大時代の友達も皆そう」

「でも……私は好きです」

「ん？」

「いえ、あの、その、千夜子さんのピアノが……好きです」

「ありがと」

そこにだけ日が差しているような穏やかな会話だった。

いつもより輪をかけて優しい阿良川さんの語り口調、表情が目に浮かぶようだ。阿良川さんは照れ隠しのようにまた水を口に含み、優しい声のままでCYOCOさんに尋ねた。

「結婚式でもピアノは聞かせてもらえるんですよね？」

……え？

「うん、弾くよ。ソロで一曲と連弾で二曲かな」

「少なくないですか？　もっといっぱい弾いてもいいのに」

「だめよ、ピアノが好きな人ばっかりじゃないんだから。得哉《とくや》の側の参列者にも気を遣わないと」

「西岡《にしおか》くんの参列者も音楽関係者でしょ」

「フルート時代の仲間は呼ばないんだって。だから、専ら飲食関係になるはず」

「なんにしろ、結婚式は新婦のものです。弾きたいだけ弾けばいいと思います」

「とにかくだめなの」

「そうですか、残念です」

――なんなの、今の会話。結婚？　西岡くん？　それってあのエビチリの？

利奈に目で訴えるが、利奈の顔にも驚きと困惑の表情が浮かんでいた。

「でも、不思議よね。わたしと得哉と明くん。中学時代から兄妹《きょうだい》みたいに三人一緒だったのに、私と得哉が結婚だなんて」

「そうですね」

「明お兄ちゃんには色々相談に乗って貰《もら》いました。ありがとね」

「お兄ちゃんはやめてください。同い年じゃないですか。ところでお相手は遅いですね、まだ来ませんか」

「ソワソワしないで。すごい顔になってるよ。あ、待って待って。見てみて、あの鏡」

CYOCOさんは子供のようにはしゃぎながら壁の大鏡を指で示すと、

「こうして並んでると、わたし達って恋人同士みたいじゃない？」

見る人全ての心を摑《つか》むような笑顔でそう言った。

「な、な、何を言ってるんですか。もうすぐ結婚する人が」

「冗談よ、明お兄ちゃんは真面目なんだから」

「冗談でもいけません、こういうことは」

「そういうところがお兄ちゃんっぽいのよ」

からかうようにポンと阿良川さんの二の腕を叩くCYOCOさん。その瞬間、阿良川さんの大きな肩がピクリと跳ねた。

……ああ、阿良川さん。あなたって人は。

不意に、阿良川さんのスマートフォンがテーブルの上で震えた。手に取って画面を擦ると、阿良川さんの眉が大きく歪《ゆが》む。

「どうしたの、明くん?」

「母からです。今すぐ戻って来てくれと言っています」

「ご実家にってこと? 何かあったの?」

「急きょ車が必要な用事ができたようです。どうしても無理ならタクシーを呼ぶと言っていますが……すみません、千夜子さん」

「行ってあげて。大丈夫、彼女とは一人で会うことにするから」

「いいえ、だめです。千夜子さんも今日は帰ってください。電車の遅延はありません。初対面で嘘をつく人と会ってはいけません」

「でも……」

「結婚式前の新婦に何かあったら西岡くんに合わせる顔がありません。今日はもう断ってください。いいですね? わかったと言ってください」

「はいはい。心配性だなぁ、お兄ちゃんは」

「あなたが無警戒過ぎるんです。では、もう行きます。必ず断るんですよ」

長い人差し指でしつこいほど念を押し、阿良川さんは席を立った。

洗練された内装に不釣り合いな無骨な背中が、あわあわと扉の外に吐き出されていく。

雑踏に立った阿良川さんは、去り際にもう一度心配そうな視線をCYOCOさんに送ってから駅の方面へと歩き出した。人ごみの中、一際背の高い阿良川さんはやっぱりアルパカのように見えた。飼育員の誤りで、別の動物の檻《おり》に入れられた不憫《ふびん》なアルパカ。

涙が出そうになった。

阿良川さんは本当にCYOCOさんのことが好きだったんだろう。多分学生時代から、今の今まで、ずっと。

阿良川さんはあの画像の投稿を、CYOCOさんのインスタグラムの存在を知っていた。当たり前だ。あのエゴサーチの鬼が大好きな人の投稿を見落とすはずがない。知っていながら放置したんだ。その危険性を十分に認識した上で。

嬉しかったんだろう。CYOCOさんに応援されているという事実が。本当に嬉しかったんだろう。小説の人気が芳しくなかったとしても、ヒロインが読者から嫌われていても、SNSの酷評に心を踏みにじられても、彼女一人に応援されているというだけで筆を執ることができたんだろう。

あの投稿が、黒森港《くろもりこう》の心の支えだったのだ。

だから、消せなかった。そこだけが阿良川さんの居場所だったから。たとえCYOCOさんが誰かのものになったとしても、SNSのほんの片隅に住まわせてもらえるだけで満足だったんだろう。

シャルロッテのモデルは間違いなくCYOCOさんだ。阿良川さん、あなたはそうやってこれから先も生きていくんですか？　誰よりも強い思いを誰にも伝えることなく、ただ掌《てのひら》で大事に大事に温めながら、これからも生きていくんですか？

あなたは、本当に、本当に……。

「……本当にバカだ」

「千夏⁉」

気が付くとCYOCOさんの前に飛び出していた。右手に氷水の満たされたピッチャーを握り締めて。

「え？　あの……」

「初めまして、相原千夜子さん。遅れて申し訳ありません。今日お呼び立てした川久保《かわくぼ》千夏と申します」

「ああ、あなたが」

戸惑いの表情がふっと笑顔に切り替わった。心を両手でそっと包み込むような優しい笑顔。この人は本当に綺麗《きれい》だ。多分わたしが出会った中でも一番綺麗。阿良川さんが好きになるのも無理はない。

でも――。

「初めまして、相原です。良かった、ちゃんと来てくれて。電車大変だったでしょう？　座って、飲み物は何にする？　もし何でもよければチャイがお薦めなんだけど」

「……ズルいです」

「ん、何？」

――あなたはズルいです。

気付いてないはず、ないだろう。

こんなに綺麗な人なんだぞ。こんなにオシャレな人なんだぞ。こんなにセンスが良くて、こんなに感じが良くて、わたしですらうっかり好きになってしまいそうなくらい魅力的な人なんだぞ。

異性からの好意の視線に、気付いてないはずないだろう。昨日今日の美人じゃない。きっと物心ついてからずっとずっと美人だったんだ。ずっとずっと陽《ひ》の光でも浴びるように当然に男の好意を浴びてきたはずだ。

気付かないはずないだろう。男が自分に恋に落ちる瞬間まで、正確に見極められるに決まっている。この人はそういう人生を歩んできた女の人だ。

「どうしたの？　千夏さん。とにかく座ったら？」

その上で、阿良川さんを振り回しているんだ。

告白だけはさせないように兄妹だのお兄ちゃんだのと予防線を張りながら、忙しい小説家をこんなところまでぬけぬけと連れ回しているんだ。握った鎖を決して離さず、つかず離れず好意の眼差《まなざ》しだけを搾り取って、こんなに綺麗に潤っているんだ。

どうしてそれがわからないんだ。だから童貞は嫌なんだ。

「あの、千夏さん？」

気付かせなきゃ。

手に持ったピッチャーの中で氷がカランと音を立てた。真雪《まゆき》さんが言っていた。無自覚な悪意が一番タチが悪いんだと。

気付かせないと、電球の痛みを。散々かっかと熱くさせていきなり冷水に漬け込まれる、電球の痛みを。気付かせないと。

ピッチャーの蓋を引き抜くと、スポッと間抜けな音がした。

「千夏っ！」

利奈の声が聞こえたのは、氷水を頭から浴びせかけた後だった。

「きゃあああああああああああああああああああ！」

直後に、悲鳴が店内にこだました。

その場にいた全員が一斉にこっちを振り返る。まるで、空間を切り裂くような、鋭く甲高い――わたしの悲鳴。

冷たい。冷たい冷たい冷たい冷たい冷たい。

ああ、死ぬ。これは死ぬ。何よ、これ。氷水ってこんなに冷たいんだ。雨水なんて比較にならない。冷たいを通り越してむしろもう痛い。やっぱり、止《や》めときゃよかった。

「ちょ、え……え？　ええー」

さすがの千夜子さんも開いた口が塞《ふさ》がらないようだ。

そりゃあそうだろう。いきなり出てきた女が、いきなり自分で頭から氷水を被《かぶ》ったんだから。これで状況が理解できる方がどうかしている。

「と、とにかくハンカチ。ああ、だめだ。マスター、タオルある？　もう、何をしてるのよ。上着脱いで」

それでもすぐに冷静さを取り戻し、てきぱきとわたしの身を案じてくれるからこの人はやっぱりすごい。

「お願いします！」

そんな彼女に向かって、わたしは思い切り頭を下げた。

「二年前の七月三十日のインスタグラムの投稿を削除してください！」

「は？　インスタグラム？」

「お願いします。あの投稿は阿良川さんにとって致命傷になるんです！」

「明くんに……なんで？」

「そういう会社なんです」

「え……え？」

やっぱり、無自覚に流出させていたのか。

わかっている、この人は根っからの悪い人じゃない。阿良川さんとだって浮気をしているわけでもないし、二股をかけているわけでもない。多分この先も旦那さんを裏切ることはないんだろう。彼女は決して一線を越えない。ただ少しだけ、欲張りなだけなんだ。自分の美貌を誰よりも知っているから。使わないともったいないから。

男の好意は麻薬だ。たとえ誰からの物であっても脳が痺《しび》れる。物心ついた時から絶え間なく麻薬を与え続けられた彼女は無自覚にその喜びを求めてしまうのだろう。気持ちはわかる。わたしだって女だもの。いくつになっても男の人からは好かれていたい。

「お願いします」

だから、わたしにはこれしかできない。またこうやって必死に頭を下げるしか。

「どうかお願いします、相原さん」

もう大丈夫だから。阿良川さんの心は永遠にあなたのものだから。阿良川さんは永遠にあなたのことを好きでいるから。だからもう、阿良川さんを解放してあげてください。

「……阿良川さんから、夢まで奪わないでください」

頭をさらに深く沈めると、髪の毛に残っていた水滴がボタボタと床を打った。ミュールの先から覗《のぞ》くCYOCOさんのネイルが桜色で可愛《かわい》いな、なんて場違いのことを考えてい

たら、

「わかったから、体を拭いて」

柔らかな感触に頭を包まれた。CYOCOさんがタオルで拭ってくれていた。

「風邪を引いたらどうするの」

「あ、だめです。自分でやりますから」

「いいからじっとしてて。はい、背中向けて」

水が跳ねるのも構わずにCYOCOさんはせっせとずぶ濡《ぬ》れの体を拭いてくれる。レモンの水は後で必ずブラウスのシミになる、そんなこと知らないはずないのに。やっぱり、この人は悪い人じゃない。何だか急に居たたまれない気持ちになり、

「もう大丈夫です。あ、あの、今日わたしがお願いしたこと、阿良川さんには内緒でお願いします。お願いばかりですみません。あ、あと、ペディキュア素敵ですね」

謎の称賛の言葉を残してわたしは店から逃げ去った。

＊

「――っくしょん！」

「あ、こんなところにいた」

　路地の隙間に隠れて震えていたら、くしゃみの音で利奈に見つかった。

「何やってんのよ、あんた。うわー、びっしょびしょじゃん。もう、ばかー」

　わたしの手からタオルを奪って水を絞り、また体を拭いてくれる利奈。

「ごめんね、ごめんね。CYOCOさんに失礼なことしないって約束だったのに、ほんとごめん。お店にもめっちゃ迷惑かけちゃったし、どうしよう」

「謝るしかないでしょ。CYOCOさんには直接なんかしたわけじゃないから、あたしから後でノベルティでも渡しとくよ。あんたは後で店に謝りに行きな。ああ、ほんっとびしょびしょじゃん」

「寒くて死にそうです」

「そうだろうよ。もうめっちゃびしょびしょじゃん」

　わたしの二の腕を両手で擦《さす》りながら利奈は何度もびしょびしょという言葉を繰り返した。

　泣いても気付かないよと言ってくれているんだろう。

　でも――。

「なんで、利奈が先に泣いてんのよ」

「わかんないよ、いいからあんたもさっさと泣けよ」

「泣かないし。ねえ、わたしにもノベルティちょうだいよ」

「やらねーわ。首にレモンついてるよ」

「うわ、ホントだ。食べて」

「すっぱ！」

「キッモ、ほんとに食べたし！」

狭い路地に二つの笑い声が反響した。

レモン水まみれのわたしと、涙まみれの利奈。そんな状況がどういうわけだかツボにはまってわたし達はお腹《なか》を抱えて笑い合った。

ありがとう、利奈。利奈がいてくれて本当によかった。利奈はいつでも、わたしの涙を泣き笑いに変えてくれる。

「あ、肩にもレモン付いてるよ。ほら、今度はあんたが食べな」

「やだ、食べないし」

「いいから食べな！　好き嫌いすんな！」

「やだー」

また路地に笑い声が跳ね返る。通りかかったサラリーマンふうのおじさんが何事かと覗き込んできた。いったいわたし達はどんな二人に見えたことだろう。

その夜、ＣＹＯＣＯさんのインスタグラムが更新され、阿良川さんの記事が削除された。

八章　阿良川さん、胸がドキドキしています

――素敵な驚きと出会い
今日はとても素敵な驚きと巡り合いました。夢のようなサプライズ具体的に書いちゃうと色んな方面の迷惑になるみたいで詳しく書けないのが残念
みなさんは最近どんな驚きに出会いましたか？

「はあー、やっぱり素敵な人だなー」

月曜日、始業前のラジオ体操を事務所のデスクで聞きながら、わたしはうっとりとした気分でスマートフォンの画面を撫《な》でていた。

さすが素敵系女子日本代表のＣＹＯＣＯ《チヨコ》さんだ。あんなめちゃくちゃな珍事件を、夢のようなサプライズなんて言葉で言い換えてしまうなんて。氷水も被った甲斐《かい》があったってもんだ。

現実で出会ったＣＹＯＣＯさんは、想像していたより遥《はる》かに素敵な女性だった。遠巻きにインスタグラムを覗いていただけの時は、恵まれた容姿とセンスを持つ女がただただ余

裕綽々《しゃくしゃく》の薔薇《ばら》色人生を見せびらかして歩いているものとばかり思っていたけれど。阿良《あら》川《かわ》さんとの会話を盗み聞きするにつけ、彼女も彼女でピアノという夢の途中で理想と現実のギャップに苦しんでいることが垣間《かいま》見えた。

大切なのは、どんな人生を夢見たか。夢はその人が死んだ後も生き続ける。

そう言ったのは確かココ・シャネルだったかな。CYOCOさんが死んだ後に残る夢はどれほど素敵な色をしているのだろう。不謹慎な望みかもしれないけれど、ちょっと覗いてみたいと思った。

ちなみに阿良川さんが今死ねば、残るのは悪夢で確定だ。

黒森港《くろもりこう》のツイッターはあの日の夜から動いていない。呟《つぶや》き大好きの黒森先生が丸二日以上沈黙するなんて、こんなことは観測以来初めてだ。CYOCOさんにインスタグラムの投稿を消されたことがよっぽど堪《こた》えているのだろうか。

現在時刻は午前八時二十九分、このままだと初めての遅刻ということになるけれど。本当に死んでいたりしたらどうしよう。

「……おはようございます」

あ、生きてた。良かった無事だった。思わず体の力が抜けた。

いや、待てよ。本当に無事なのか、これ。阿良川さんの顔色は絶対に病院の外で見かけてはいけないようなカラーリングをしているけれど。足取りもフラフラと覚束《おぼつか》ないし、真っ黒なオーラを背負っているし、何より目玉に生気がない。

「おはようございます、阿良川さん。今日は遅かったんですね。もしかして、体の具合でも悪いんですか？」

「いえ……心身ともに健康です」

すごい嘘《うそ》をつきますね。

「……はぁ」

盛大な溜息《ためいき》で会話を打ち切ると、阿良川さんは缶コーヒーを一口啜《すす》ってからデスクの引き出しを引いた。

「川久保《かわくぼ》さん、雑用を頼んで申し訳ないのですが、実験室に行くついでにこの書類を総務と人事に提出してきてもらえませんか」

「書類ですか？」

「はい、明日が締め切りですので、なるべく午前中にお願いします。あと、よければこれ召し上がってください。総務から配られてきたお土産です」

「ありがとうございます。えっと、食べないんですか、どら焼き？」

「……はい」

阿良川さんは力なく頷《うなず》くと、緩慢な動作でメールのチェックを開始した。

待っていてもこれ以上何の言葉も出てきそうにないので、書類を持っていつものプレハブ小屋に向かう。

ふと振り返って見た阿良川さんの背中は、蝶々《ちょうちょう》でも止まったらそのまま崩れ落ちてしまいそうなほど儚《はかな》げだった。

どうしよう、阿良川さんが露骨に意気消沈している。

まさかインスタグラムの投稿一つでこんなことになるなんて。よかれと思ってやったことだけど、もしかしてわたしの善意は、美咲《みさき》さん達とはまた別のやり方で阿良川さんを傷つけただけなのだろうか。

現に溜息製造機と化した阿良川さんは、何を見てももう突然際限なく喋《しゃべ》り出すこともなければ、就業中に小説のストーリーを考える気力もなく、お土産の消費にも気を遣い、考えごとをしながら人にぶつかることもない有様《ありさま》だ。

何から何まで社会人として当たり前だと思わなくもないけれど、とにかく阿良川さんは非常にわかりやすい形で落ち込んでいた。

……多分、わたしのせいで。

「お、やっと来たな、阿良川夫人。今日は一段と遅かったやんか」

「夫人はやめてくださいよ」

カミングアウト以来頑《かたく》なに夫人と呼び続ける美咲さんに小声で抗議しつつ女子校島のテーブルに着いた。

いつもよりさらに遅くなったこともあり、みんなはとっくにご飯を終わらせて愛梨《あいり》ちゃん提供のお菓子をつつき合っている。

「千夏《ちか》さんイチャイチャタイムが日に日に長くなってますね、羨《うらや》ましいなー」

「ホンマやで。うちらはモグモグタイムあるのみやのに。羨ましいこってすわー」

「でも、阿良川主任食堂来てないじゃん。朝すれ違った時も死にそうな顔してたし、なんかあったの？」

「はい、ちょっと。いや、たいしたことではないんですけど。色々と……」

食堂の入り口で十五分待ったけど、阿良川さんは姿を現さなかった。波多野《はたの》技研では食堂以外での食事は禁止されているので、規則を破ったのでなければ阿良川さんはお昼を抜いたことになる。

なんだかなあ。わたしは久々に食べるかけ蕎麦《そば》をツルツルと啜った。エビ天が一つ載らないだけでひどく物悲しい気分になる。

「…………」

「…………」

「…………」

女子校島の三人はスナック菓子を摘《つま》みながらそんなわたしを黙って見つめ、

「……ところで相談があるんですけど」

「なに？」

「なに？」

一言言うと、待ってましたとばかりに顔を寄せてきた。

「あのー、ご存じの通り阿良川さんが意気消沈してまして。ケンカとかではないんですけど。わたしも関係なくはないので、その、なんとか元気になってほしいなーって」

「千夏さん、優しー」

「ありがと。それでですね。理系の男子って何されたら嬉《うれ》しいんもんなんでしょう？　全然通ってこなかった道なんでさっぱりわからなくて」

「あー、なるほどなー。まあ、鉄板はおっぱいやろうな。男なんて文系だろうが理系だろうがおっぱい揉《も》ませたら一撃よ」

なるほど、さすが美咲さん。清々《すがすが》しいほどストレートだ。

「あ、揉ませるっていうのはあれやで、触らせるって意味やからね。だから、川久保ちゃんでも全然大丈夫よ。その、揉みしろがない感じでも、な」

余計なお気遣いまで本当にありがとうございます。

「真雪《まゆき》さんはどう思います？」

「うーん、ベタだけどプレゼントとか？　男でも女でも普通にテンション上がるんじゃない？」

「あー、プレゼント……」

真雪さんらしいクールなチョイス、でもそれが一番厄介だったりする。実際に付き合っているわけでもないわたしが阿良川さんに物をあげる理由がないし、そもそも阿良川さんのテンションの上がる物が、全く全然これっぽっちも想像がつかない。

ここはやはり、真打にご登場願うしかないのか。

「愛梨先生、お知恵を授けて頂いてもよろしいでしょうか？」

「はいはーい」

「なんや、うちらと随分扱いちゃうな」

「わたしら完全に前座扱いじゃん」

不満顔の美咲さんと真雪さんをよそに、愛梨ちゃんはすでに答えを持っているようで、余裕の笑顔で人差し指をピンと立てて見せた。

「えーっとですねー。コスプレとかどうですか」

――っ。

心臓が口から飛び出そうになった。

「コス……プレ……ですか？」

「はい、コスプレです」

「それは……具体的にどういう……」

「まあ、ベタにナースとか？　セーラー服とか？　美咲さんとちょっと被《かぶ》るんですけどね。男の人ってやっぱり制服好きなんですよ、真面目そうな人ほど特に。思い切って裸エプロンとか？　お勧めですよ、コスプレ！」

そっちのコスプレかい。焦ったぁ、極秘の趣味がバレたのかと思った。マジで心臓止まるかと……って、待てよ。そうか、コスプレか。

「いやいやいや、それはないで愛梨ちゃん」

「うん、ベタ過ぎるよ。二十代ならまだしも三十過ぎた男にコスプレなんてねぇ？」

「いや、それで行く！　ありがとう、愛梨ちゃん」

「マジでか！」

「川久保ちゃん自棄《やけ》になってない？」

なってないです。確かな勝算あってのことなんです。さすがは愛梨ちゃん、我らが恋愛マスターの目に狂いはなかった。今は嘘っこだけど、いつか本当に彼氏が出来た時も是非とも相談に乗ってください。

「頑張ってくださいね、千夏さん。よかったらあたしが持ってるやつ貸しましょうか？」

「ありがとう。でも大丈夫」

いくら愛梨ちゃんが可愛《かわい》くてもそういう使用済みを借りるのはちょっとキツいし、何よりコスプレの衣装制作に関してだけは世界の誰にも譲るつもりはない。

＊

さあ、お祭りだ。

血湧き肉躍るとはこのことだ。

全身の血管にガソリンを注《つ》ぎ込まれたような高揚感を覚えながら、わたしはとあるお店の前に立った。

CYOCOさんにオーガニック喫茶があるように、利奈《りな》に居酒屋があるように、わたしにはここがある。いついかなる時でもわたしのテンションを限界まで引き上げてくれるパワースポット、それが布屋。

どうしよう、店舗が見えただけでもう楽しい。可愛い柄の布地が、綺麗《きれい》なグラデーションで整理された糸の棚が、色とりどりのボタンのコーナーがわたしの心に羽を生やす。

遊園地は半日で疲れちゃうけどここには一日だって居座れる。強いて欠点を挙げるなら、服飾系以外の男にまったく理解されないことと、つい必要以上に買い物をしてしまうことだろうか。現に今も全く用のない毛糸のコーナーにからめ捕られてかれこれ二十分以上が経過している。

いかん、このままでは本当に日が暮れる。後ろ髪を丸ごと引き抜かれる思いで毛糸の棚から離脱した。こんなことをしている場合じゃない、ただでさえ時間が限られているというのに。必要なリストはすでに頭の中で出来上がっている。もう寄り道はなしだ。

わたしは決然たる思いを胸に、十五分だけエナメル生地の手触りを確認してから、しつけ糸のコーナーへ向かった。

「おい、千夏！　いないの？　何回呼ばせんのよ！　九回よ、九回よ！　十回呼ばせたらあたしは鬼と化す――うわ、何よ、これ」

もしかして何度も呼ばせてしまったのだろうか。業を煮やしたというふうに自室の扉がズバーンと開かれ、驚きの声が入って来た。

「あ、利奈、ごめん。わたしちょっと籠《こも》るから」

「何？　服作ってんの？」

「そう。コスプレ衣装。出来たら着てね」

「いいけど、何のキャラ？」

「大丈夫。デザイン科の名に懸けて可愛く仕上げるから安心して」

「だから何のキャラか教えてよ」

「まあまあまあ。それより直近のコスプレのイベントって次の土曜で間違いないよね？」

「うん、そうだけど。何のキャラのコスなの？」

「絶対に間に合わせるから。風邪とか引いたりしないでね」

「なんで教えてくんないの？　何着せる気なの？」

「出来たら言うから。はい、出て出て出て」

不安げな利奈を部屋から締め出し、改めてミシンの前に胡坐《あぐら》をかいた。

専門学校時代に買ったブラザー工業の高機能ミシン。かれこれ五年来の相棒と向き合うと制作意欲は針のように研ぎ澄まされる。

さあ、どうしてやろうかしら。ゼロからのドレス制作。

普通に考えればどんなに無茶しても制作期間二週間の大仕事だが、タイムリミットは土曜の朝まで、正味一週間。この七日のずれをどう埋めるか。

仕事を休む？

いやだめだ。小さなどら焼き一つ食べられない阿良川さんが家でまともな食事をとっているとは思えない。わたしがいないと貴重な昼食まで抜いてしまうだろう。それに一週間も給料を削られると単純に生活費がキツイ。

衣装のクオリティを落とす？

論外だ。一考する価値もない。今回の衣装はむしろ、過去最高の出来でなければ意味がないのだ。

人を雇う？

これもだめだ。お金が絶望的に足りないし、そもそも人が集まる前にデッドラインを越えてしまう。

じゃあ、どうする？　考えろ、千夏。

しばし沈思黙考し、カッと目を見開いた。

よし、決めた。やってやろう。もうこうなったらやってやろう。具体的に何をどうするかはまるで見えてこないけど、

「とにかく、やってやるんだよ！」

自ら退路を断つように大きな声で相棒に向かって宣言し、今は使わないのでとりあえず脇にどけた。

次の日。

「……おはようございます」

阿良川さんは相変わらず死にそうな顔で出勤してくる。まったく酷《ひど》い顔色だ。もしもこ

れがゾンビ映画なら感染したと判断して頭を撃ち抜いているところだけど、

「どうしました、川久保さん。その顔は？　熱でもあるんですか？」

そんな阿良川さんに心配されるわたしはいったいどんな顔をしているんだろう。

「大丈夫です、ちょっと寝不足なだけですから」

ちょっとって言うかまあ、全然寝てないんだけど。

シンプルではあるけれど、これがわたしの回答だった。制作にどうしても二週間かかるなら一日を倍に増やせばいい。その分体力は、まあ気力でどうにかするということで。

「あまり無理をなさらない方が。今日は早退されても構いませんよ」

「全く平気です。絶好調なくらいです」

「今日は飛び込みで入った八百度の火炎暴露試験を行うつもりなのですけど、本当に大丈夫ですか？」

八百度の火炎が飛び込んでくるってどんな職場なんだろう。改めて己の労働環境に戦慄《せんりつ》する思いだが、

「その様子ですと厳しいですよね。ここは私一人でやりますので――」

――ゴンゴン。

と、阿良川さんの言葉の続きを遮るように、開けっ放しの事務所の扉を拳で叩《たた》いた。

「いつまで座ってるんですか、阿良川さん。さっさと行きましょう」

熱中症予防の塩飴《しおあめ》を、四個纏《まと》めて口の中に放り込みながら。

今の阿良川さんに一人で火なんか扱わせられない。わたしはやると決めたんだ。ガリッと飴を噛《か》み砕《くだ》くと、鼻の奥で塩の風味が微《かす》かに香った。

午前中一杯元気に火炎に焙《あぶ》られて、実験棟の外で涼みながら昼休みのチャイムを聞いた。

「さあ、お昼ですよ。行きましょう」

イントロクイズに答えるクイズ王のように、チャイムの最初の一音で素早く阿良川さんの袖を捕まえる。

そして、百二十パーセントの笑顔で食堂へ誘うと、

「……すみません、昼食は結構です」

はい、言うと思った。

もちろん、こういう答えが返ってくることは想定済みなので、笑顔は一パーセントだって目減りはしない。

「またまたー。そんなこと言わないで一緒に食べに行きましょうよ。天ぷら蕎麦《そば》が待ってますよ。エビアレルギーを克服するんでしょ？　ね？　ね？」

「どうにも今日は食欲がありませんで。掛け蕎麦との差額はお渡ししますので、一人で召し上がってきてください」

笑顔の輝度を百三十パーセントまで引き上げるわたしから顔を逸《そ》らし、阿良川さんはポケットから抜き出した硬貨を手渡してきた。たった数枚の硬貨をこれほど重く感じたことはない。思わず取り落としそうになるそれを、右手でしっかりと握りしめ、

「……ダメですよ」

左手で握ったままの阿良川さんの袖を同じくらい強く引き絞った。

「川久保さん？」

「だって、阿良川さん元気ないじゃないですか」

「え？」

「話してくれなくても大丈夫です。阿良川さんにも色々あるんだと思いますから。それでもやっぱり、ご飯は食べた方がいいと思うんです。だからね、一緒に行きましょ？」

笑顔百四十パーセント。それでも阿良川さんの顔はあさっての方を向いたままだ。

「そうだ、知ってますか？　お蕎麦にはセロリニンっていう幸せ物質がいっぱい入ってるらしいですよ。すごくないですか？　食べましょうよ」

百五十パーセント。それでも阿良川さんは振り向きません。

「エビが辛《つら》いなら今日はお蕎麦だけでもいいと思います。お蕎麦を食べてセロリニンを満タンにすれば、きっと元気が出ますから。ね、阿良川さん。行きましょうよ」

「川久保さん……」

二百パーセント。頬の筋肉が引きつるほど口角を持ち上げると、ようやく天岩戸《あまのいわと》が開くようにそろりそろりと阿良川さんの顔がこちらへ向き——、

「それは、セロトニンのことでしょうか？」

え？

「その、再三仰《おっしゃ》っている幸せ物質のことですが、セロトニンのことでは？」

「……セロリニン」

「ええ、それだと野菜の忍者みたいになりますので」

……セロリ忍。

「川久保さん？」

「行きますよ」

乙女心が傷ついたので、もう力ずくで連行することにした。

「ちょっ、引っ張らないで。わかりました。行きます。行きますから放してください。袖が伸びます」

黙れよ、唐変木。今度はこっちが岩戸を閉じる番だ。意志の力で耳に栓をして、わたしは袖を引き続ける。

「おお、ついに社内で手ぇ繋《つな》ぎ出したやん」

「うへー、仲良しアピールすごいね」

「やっぱりコスプレが効いたんですよー」

どこからか誰かの聞えよがしな冷やかしが沸いた気がしたけれど、栓をしているのでそれも全部聞こえない。わたしは黙って阿良川さんの袖を引き続けた。

定時、チャイムと同時に席を立った。

「川久保ちゃん、大ニュースだよ！　昨日、製造部の栗林《くりばやし》さんがと――」

「えー、そうなんですかー。すごーい、明日詳しく聞かせてくださいー」

田尻《たじり》課長の噂話《うわさ》をバッサリと断ち切って。

ごめんなさい、田尻課長。あなたの噂話を聞くのは、今のわたしには残酷ですらあるんです。いったい昨日は何を食べ放題されてたのですか？　伊勢海老《いせえび》？　毛ガニ？　それともお寿司《すし》？

夢のようなご馳走《ちそう》を思い浮かべながら電車に揺られ、

「ただいまぁ」

アパートに帰りつくと想像とはかけ離れた粗末な夕飯――レトルトのカレーを直接喉に流し込み、自分の部屋に閉じ籠った。

本気で作業に取りかかるといつものことだが、生活がめちゃくちゃになる。メールの確認が滞り、髪も服も適当になり、食事も風呂も睡眠もないがしろになる。もちろん、部屋はしっちゃかめっちゃかで足の踏み場もない。

それでも何とか座る場所を確保して、髪を輪ゴムで束ねたら作業開始だ。布にまみれてミシンに向かっていると疲れも吹き飛ぶ思いだけど、思うだけで実際には吹き飛びはしないので、眠気がどうしようもなくなると体育座りで少し寝る。横になるとそこが床でもタイムリミットまで眠ってしまうので間違ってもベッドには上がれない。

そして朝が来るとまた死にかけのゾンビのようになりながら会社に向かい、午前は火で焙られて、昼には阿良川さんを引きずって食堂へ行き、定時になったら田尻課長の噂話を丁重に断って家に帰る。

そしてまた、布に埋もれてミシンの音を聞いている。そんな生活を繰り返し、迎えた土曜日の朝。

「出来た……」

わたしは少し涙ぐんでいた。

「信じられない、ほんとに出来た……」

布の海と化した部屋の真ん中で、スポットライトのように朝日を浴びる花柄のカジュアルドレス。

表紙にもなっているシャルロッテが初めて聖夜《せいや》と出会った時に纏っていたコスチューム

だ。突貫工事でどうにか期限には間に合ったけれど、肝心の出来栄えは——。

「いい……よね。うん、いい！　上出来だ」

シルエットも美しいし、刺繡《ししゅう》もゴージャス。何より今にも歩き出しそうなほど軽やかで縫い目の一つまでが愛らしい。背面や小物などイラストで描かれていない部分は全て想像で補うことになったが、黒森先生曰《いわ》く「おしとやかで一途《いちず》で純情な」シャルロッテのイメージがよく表現される結果になったと思う。

細かなところに目を向けると直したいところがいくらでもでてくるけれど、とにかく完成した。たった一週間でやり遂げた。

そろりそろりと床に両膝をついた。

そして、ゆっくりと両手を上に持ち上げ、拳を握って額にあてがい、

「やったー！」

喉から声が迸《ほとばし》った。午前五時に全力で。近所迷惑とわかっていても止められなかった。

「ヤバくない、これ？　一週間だよ？　一週間で作ったんだよ？　あり得ない。絶対ヤバいって。ああ、誰か褒めてー」

「おめでとう。すごいわ、千夏」

本当に褒めてくれる人が真横にいたので心の底から驚いた。

「利奈？　いつからいたの？」

「ついさっき。やるじゃん、千夏。本当に作っちゃったんだね」

帰ってきたのもついさっきなんだろうか。外出着のままドレスを着せたトルソーの周りを一周する利奈。

「うん、ちゃんと可愛《かわい》い。そっちも約束通りだね」

「そこだけはマストだから一切妥協はしなかったよ。今回は再現性よりもキャラクター性の表現にこだわってみたの。全方位に可愛さを振りまくイメージ？　とにかく可愛い、とにかく愛らしい、誰からも愛されるドレスに仕上げたくて」

「もしかして、型紙作ってないの？　仮縫いは？」

「うん、急いでたから。全部飛ばしちゃった」

「それでなんでこんなん作れるのよ。大変だったでしょ」

「大変？」

呆《あき》れたような利奈の言葉が、ワンテンポ遅れて頭の中に入ってきた。

そうか。確かに傍《はた》から見れば、わたしは大変なことをしていたのかもしれない。仮にこれが労働だとすればブラックもいいところだ。

でも――。

「……楽しかったな」

ずっとずっと、幸せだった。

久しぶりに魂が燃えた。わたしは本当に洋服が、洋服作りが大好きなのだと、心の底から実感できた。それはまるで夢のような一週間だった。

「お疲れ様」

利奈はベッドに腰を下ろして、その横を掌《てのひら》でぽんぽんと叩《たた》いた。

座れと言っているようだ。久方ぶりにベッドにお尻を沈めると急速に耐えがたい眠気が襲ってきた。不思議だな、この幸せな夢は眠ることによって覚めてしまうのだ。

「寝る前に聞いて、千夏。二つ伝えたいことがあんの」

「長くなる？」

すでに瞼《まぶた》はくっついている。

「どうだろう」

「なるべく急ぎでお願いします」

「プロポーズされた」

「……は？」

注文通りの短い報告を受け、ちぎれて飛んでいくほど瞼が開いた。眠気と疲れが一瞬で吹き飛んだ。

「え？　えと、だ、誰に……？」

いや、やっぱり疲れは吹き飛ばない。こんなわかり切った質問が口を衝《つ》くくらい、わたしの脳は疲弊していた。

「泰星《たいせい》に決まってんじゃん」

そうだ、泰星くんに決まっている、常識的に考えて。でも——。

「う、う、浮気は……？」

「してなかった」

「は？」

「あたしの勘違いだったわ」

「勘違いって、あんた……」

あっけらかんと言い放つ利奈の顔を、わたしは馬鹿みたいに見つめるしかなかった。

「だってさ、泰星のスマホに更紗《さらさ》の連絡先があってさ、何でって聞いても全然答えないいんだよ。絶対浮気だと思うじゃん。練習のためとか思わないじゃん、普通」

「練習って、何の？」

「フラッシュモブの」

「あれやられたの？」

「やられた」

「いつ？　どこで？」

「昨日、店の前で」

「どうだった？」

「…………」

そこで初めて利奈は言葉を詰まらせた。そして、記憶を反芻《はんすう》するような間を空けてから、

「……すっげー、嬉《うれ》しかった」

こっちの胸まできゅんとするような、蕩《とろ》ける笑顔でそう言った。

「ＯＫしたんだ？」

「した」

「利奈……おめでとう。良かったね。ほんっとに良かったね」

抱き締めずにはいられなかった。胸の中に爆発的に発生した想《おも》いは、言葉だけで表現するのは余りにも大き過ぎた。

「ありがとう、千夏」

利奈もわたしを抱き締めてくれた。ここ三日ろくにお風呂にも入ってないのに。絶対臭いのに。糊《のり》だの布の切れっ端だのくっついてるのに。そんな体を利奈はぎゅっと抱き締めてくれた。

「千夏にそう言ってもらえるとマジで嬉しいわ。ありがとう」

「……わたしも、嬉しい。本当に嬉しい」

正直、嫉妬した。ショックだった。

また利奈に置いていかれる、また利奈が手の届かない場所に行ってしまう。そんな気持ちが全くなかったかと言えば嘘《うそ》になる。

でも、そんなことより何倍も、何百倍も、何万倍も嬉しかった。近い将来利奈からこう告げられることは覚悟していたけれど、自分がこんな気持ちになるなんて想像もしていなかった。バカみたいに涙が溢《あふ》れた。

「なんで千夏が泣いてんのよ」

「知らないよ、どうせ利奈だって泣いたくせに」

「泣いたー。お客さんとかいたのにめっちゃ泣いたー。泰星って絶対そういうのしないタイプじゃん？　でも、あたしが絶対喜ぶからって更紗に勧められたんだって」

「いい子だったじゃん、更紗ちゃん」

「いい子だったー。殴らなくてよかったー」

「式は？　挙げるんだよね？　いつくらいにするの？」

「春くらいかなって言ってる。それまで二人でお金貯《た》めるよ」

「泰星くんも一人暮らしだよね？　もうここに住んじゃったら？」

「いいの？」

「いいよいいよ、そうしなよ。わたしはどっか別の部屋探すからさ」

「は？　出てくの、千夏？」

「出てくよ、そりゃ。なんで新婚の二人と同棲《どうせい》しなきゃいけないのよ。夜とか地獄じゃん。絶対セックスするでしょ、あんたら」

「そりゃするけど、でも、千夏――」

――お金は大丈夫なの？　辛《かろ》うじてのみ込んだ言葉が利奈の喉に透けて見えた。

「大丈夫だって。いくらわたしでもちょっとくらいならあるし、貯金」

ないなぁ、貯金。

「そっかぁ。でもなんか、それはそれで寂しいな。プラマイゼロみたいな気分」

「何よ、それ。で、もう一つの伝えたいことって何？　もしかしておめでたとか？」

「ああ、それね。ごめん、あたしそのドレス着れないわ」

「あ、そうなんだ。……って、え、なんで？」

つい聞き流してしまいそうになるほど、利奈はあっさりと言い放った。

「だって、あたし花嫁だし。花嫁がウエディングドレスの前に他のドレス着たら結婚が流れるっていうじゃん」

全っ然知りませんけど、どこの地方のジンクスなの。

「あれ、もしかしてうちの田舎だけなんかな？　まあとにかく着れないわ、ごめんごめん」

「待って待って、そんな軽い感じで言わないで。どうしたらいいのよ、これ。利奈で採寸してるのに」

「大丈夫だよ、着る人ならちゃんといるから」

「そうなの？　良かったー。マジ焦った。誰？　更紗ちゃん？」

などとあっさり安堵《あんど》の息を吐いちゃうあたり、やっぱりわたしの頭は回っていなかったのだろう。利奈は急に職人の顔つきでわたしの体をベタベタと触ると、

「身長と体重はほぼほぼ一緒よね。あと胸は…………靴下でも丸めて突っ込んどくか？」

最後に売れっ子店長らしいクールな見立てでわたしの胸を横からグッと寄せて上げた。

＊

いやいやいやいやいやいや。

ないないないないないない。

それはない。それはないって言ってきたから。

ずっとずっと何回も言ってきたから。

そういうのはね、可愛い子がやればいいのよ。

いや、違うか。別に可愛くなくてもいい、華のある子だ。自然と人の目を引くような華のある子がやるからいいんであって、わたしみたいなザ・裏方がやったって大惨事にしか

ならないんだよ。知ってる？　エビチリに負けたんだよ、わたし。ドレス着てても従業員に間違われるんだよ？

まあ、確かにサイズは合うよ。ブラも丸めた靴下で格好はつくかもしれないよ。でも、そういうことじゃないんだよ。これはそういうことじゃないんだよ。

「何ブツブツ言ってんのよ。他の人並んでんだから、メイク終わったらさっさと出る」

「ちょっと待って、利奈。まだ心の準備ができてなくて」

「んなもん、更衣室に籠《こも》ってたってできるわけないでしょ。ほら、行くよ」

「いやだー」

ぎゃあぎゃあ言い合いながら最後は利奈に力ずくで引きずり出され、わたしは非日常の担い手として中世ヨーロッパのドレスを纏《まと》ってショッピングモールに出現した。

ああ、ついにやってしまった。

アームストロング船長が月に残した一歩と比べるとさすがに全米から怒られそうだが、わたしにとってこの一歩は革命的と呼べるほどの大きな一歩だ。絶対に着る側には回らないと決めていたのに、生涯裏方と決めていたのに、ついにこっち側に足を踏み入れてしまった。

……いや、もうこの際だから正直に言おう。

いつかはやるとは思っていた。押しに負けて、勢いに流されて、そんな体を装っていつかは着てしまうだろうと思っていた。

なんなら密《ひそ》かに目を付けていたキャラだっていた。それ用に布までいくつか見繕ってい
た。それなのに、まさかデビューがシャルロッテになるなんて。屈辱だ。抱かれてないの
に、阿良川さんに初めてを奪われた気分だった。

「千夏！　なんちゅう顔してんのよ。めっちゃブスじゃん。ほら顔上げて、ちゃんと可愛《かわい》
くして」

「だってだって、みんなが見てるし」

「そのためにやってんでしょ。つーか、お姫様がショッピングモール歩いてたら普通の人
は誰だって見るわ」

確かに利奈の言う通りだ。でも、ショッピングモールの店員さんまで目を丸くしてこっ
ちを見ているのはなぜだろう。あなたコスプレイヤーなんて見飽きるほど見てきたんじゃ
ないんですか。

ここは一か月前に同じくコスプレイベントが開催されていた複合商業施設。阿良川さん
と歩くCYOCOさんを初めて見かけた、あの場所だ。

「でも、あれだねー。ここまで本格的なドレスだとやっぱり目立つね。ガンガン視線来て
るじゃん」

自分で拒否したのを棚に上げて、利奈は羨《うらや》ましそうに口を尖《とが》らせながらわたしのひらひ

らのスカートをステッキで撫《な》でた。

ちなみに利奈のコスは以前と同じ魔法少女。この短いスパンで同じ場所のイベントに同じコスで参加するのはコスプレイヤーとしてかなり抵抗があったようだけど、ソロデビューはあり得ないと泣きついたら渋々了承してくれた。

「よし、じゃあ、中庭行こっか」

「うぇ、やっぱりそっち行くの」

「行くでしょ、そりゃ。あっちがメイン会場なんだから。写真撮られなきゃ今日来た意味ないじゃん」

「……そうだけど」

「ほら、顔上げて」

ステッキでグイッと顎を持ち上げられた。お姫様の首元にステッキを突きつける魔法少女、傍《はた》から見たらどんな絵面だろうか。

「いい？　ただ歩いてたって声なんかかけられないんだからね。常に笑顔で愛嬌《あいきょう》を振りまくの。行くよ」

「う、うん」

袖から出て行くモデルってこんな気分なんだろうか。わたしは精一杯の笑みを張り付けて、アニメキャラ達の闊歩《かっぽ》するランウェイへと飛び出した。

「笑えって言ってんでしょ！」

「はいぃ！」

すみません。これでもできる限り笑ってるんです。でも、恥ずかしい。すごい、視線ってこんなにわかるもんなんだ。スナイパーのレーザーポインターさながらに赤点が体を這《は》うのが感じられる。

そして……なんだろう、これは。

中庭に出た瞬間、建物の中にいた時とは別種の視線が向けられているのも同時にわかった。

「おー、おー。ライバルの光線がバシバシ来てるわー。ゾクゾクするね」

なぜかご満悦といった表情で利奈がマジカルステッキを振り回す。

そうか、ライバル。これはカメラマンではなく同じコスプレイヤーからの視線か。どうりで薄ら怖いと思ったら。

着る側になって初めて気が付いたけれど、女性コスプレイヤーはざっくりと二つの種類に大別できるようだ。イベント参加者との交流を目的にするワイワイ勢と、利奈のようにとにかく注目されたいギラギラ勢。どちらかといえば男性キャラのコスプレを選びがちな前者に対し、後者は美少女一直線で肌の露出もなかなか際どい。利奈の言うところのライバル光線を放ってくるのは圧倒的にギラギラ勢の方々だ。

「ビビっちゃだめよ、これは褒められてるのと一緒だから。かと言って睨《にら》み返してもだめ。同じ土俵に立たないことが重要なの。飛び切りの上から目線で、あなただって素敵ですよって微笑《ほほえ》んであげるの」

「そんな複雑な笑顔無理だから」

普通の笑顔だって難しいのに。これでいいのかな。ああ、唇が引きつる。頬がピクつく。

誰か来たし。怖い、誰あれ。利奈が言うところのライバル光線をギンギンに照射しながら歩いてくる一人のコスプレ女子。何のキャラかは知らないけどほぼ水着同然の露出度だ。エロっ。そして、めっちゃ美人。

「利奈さんご無沙汰ですー」

「あ、かなたそじゃん。可愛いー。ありがとねー、来てくれて。てゆーか、エロっ。尻触っていい？」

「やだ、変態。てか、利奈さんも可愛いですよ」

「やーん、あんま見ないでよー。前回とおんなじカッコだし」

「そんなー。何度見ても可愛いですって。で、この子が例の……？」

「そうそう。今日デビューの友達、千夏。ほら、挨拶しな」

「は、初めてまして。あの、ち、千夏といいます！」

「やだ、めっちゃ緊張してるじゃないですか。てか、コスやばっ。なんのやつですか？」

「えっと、シャルロッテです」

「シャルロッテ……？」

「あ、その、『シュワルツワルトの風』っていうライトノベルのキャラなんです。多分ご存じないと思います」

「へー、そうなんだー。もしかして手作りですか？」

「はい、一応」

「ヤバッ。技術、神じゃん。あとで合わせてもらっていいですか？」

合わす？　何を？

「いいよいいよ。三人で合わそー」

取り落としそうになった会話のボールを、素早く利奈が拾って投げ返す。その後、きゃいきゃいと二つ三つのキャッチボールを繰り返し、またあとで合流することを約束してかなたそと呼ばれる女の子と別れた。

「ああ、緊張した。今の子、誰？　利奈の友達？」

「うん、コスプレ仲間のかなたそちゃん。本名は知らん」

「すっごい可愛い子だったね。モデルみたいだった」

「そう思ったんなら言わないと。あの子フォロワーやばいんだから、ちゃんと気に入られるように媚《こび》売っとくのよ」

「媚って。今日は写真撮ってもらいに来ただけなんだけど……」

「だから言ってんでしょうが」

靴下で盛りに盛った偽の胸に、ぼすっとステッキを載せられる。

「野良の新人がいきなりバズれるほど甘い世界じゃないんだからね、コスプレは。まずは人気者と仲良くなるの。んで張り付いてたら、そのフォロワーが写真撮ってSNSに上げてくれるから。そっからどんどん顧客を摑《つか》んでいく感じね」

「顧客とか。コスプレってそんな営業みたいなことしなくちゃいけないの？」

「好きなコス着て楽しみたいってだけなら別にいらないよ。でも、バズりたいなら一に営業、二に営業。今日一日で百人とSNS交換するのがノルマだから」

――ノルマ。どんな業界でも人気者になるのは楽じゃないんだな。利奈を見る目が変わりそうだ。

そんなことを思った瞬間、

「すみません、写真いいですか？」

今度はカメラを提げた男の人に声をかけられた。いつもの癖でさっと利奈から離れると、

「じゃあ、撮りますね。ポーズはお任せで」

あれれ？　レンズはわたしの方を追いかけてくる？

見様《みよう》見真似《まね》でポーズを取ると、男の人はパシャパシャと連続でシャッターを切り、その

後申し訳程度に利奈の写真も撮ってから丁寧にお礼を言って去って行った。

えっと、今の人ってまさか……。

「んー。よかったじゃん、さっそく一人釣れて。普通は知名度の低いキャラってあんま注目されないんだけどねー。まあ、ここまで豪華な作りだとやっぱ珍しいのかなー」

ダルそうにステッキで肩を叩《たた》きながら、利奈は今朝方絶賛してくれたはずのわたしのドレスを懐疑的に一瞥《いちべつ》した。つけまつ毛盛り盛りのデカ目から放たれるその視線は、紛《まご》うことなきライバル光線。

なるほど、コスプレか。これはちょっと癖になるかもしれない。

＊

黒森港
おはようございます。ツイッターの更新が滞っていてすみません
ご心配をおかけした皆様、黒森は元気です。とてもとても元気です
元気です

マズい、黒森先生がもう限界だ。

週明け、月曜日。久しぶりに黒森港のツイッターが動いたと思ったら空元気一杯の近況報告で、むしろ心配が増加した。人間、元気をアピールすればするほど不憫《ふびん》に見えるのはなぜだろう。

それともこれは、わたしが実物を目の前にしているからなのだろうか。

「阿良川さん、チャイム鳴りましたよ」

「…………」

「阿良川さん、昼休みです」

「…………」

「黒森さん」

「……はい、なんでしょう」

その名前で返事しちゃだめです、阿良川さん。

不具合解析課のプレハブ小屋は今日も熱サイクル試験の蒸気と、阿良川さんの溜息《ためいき》に満ちていた。

いったいどんな週末の過ごし方をすればこんな状態に仕上がるのだろう。

髪はボサボサ、シャツはヨレヨレ、肌はガサガサ、眼鏡はベトベト、少なくとも二日休んでリフレッシュしたようには思えない。まるで今しがた墓地から這い出てきたような阿良川さんの姿を見ると、心の奥がギュッと縮まる思いだった。

ツイッターを更新していたからてっきりエゴサーチの方も再開しているのかと思ったけれど、この様子ならまだそこまでの元気はないらしい。

「すみません、もう昼休みですか。約束ですからね。行きましょうか、食堂」

「いえ。今日は……いいです」

わたしが言うと、阿良川さんは椅子を引いたままの姿勢で硬直した。どういうことでしょうと、視線だけで尋ねてくる。

「ごめんなさい。今まで無理に食べさせて。体調が良くないのに辛《つら》かったですよね」

「いえ、それは……」

「今日は一人で食堂に行きます。阿良川さんはここでゆっくりしていてください。レトルトカレーってご飯なしでも案外美味《おい》しいですもんね、それでは失礼します」

「待ってください、川久保さん」

言葉だけで実際に止めに来る気力はないようだ。わたしはそんな阿良川さんに向かって戸口で振り返り、

「ところで阿良川さんって、『シュワルツワルトの風』って小説知ってますか？　知りませんよね。わたしも全然知らないんですけど友達が趣味でコスプレやってて、この前のイベントでそのキャラクターのコスプレやってる人見つけたらしくて。衣装がすごく可愛《かわい》かったって画像が送られて来たんです。ツイッターにも何件か上がってるみたいですよ。ま

あ、阿良川さんには全然関係ない話なんですけどね」

一呼吸で全部そこまで言い切った。

我ながら恐ろしいほどの棒読みで会話の流れなんてあったもんじゃなかったけれど、今の阿良川さんにはここまで言わなければ伝わらないだろう。

「え？　ツイッター……ですか？」

「じゃあ、食堂行ってきます」

混乱しきりの阿良川さんを置き捨てて外に飛び出した。そのまま食堂に向かう人の流れに逆らって本館へ。目についた女子トイレに飛び込んだ。

誰も人がいないことを確認し、鏡の前でスマートフォンのカバーを開く。液晶を叩き割る勢いでツイッターのアイコンをタップした。

＃シャルロッテ
＃シュワルツワルトの風
ハッシュタグで検索をかけると続々と画像付きの呟《つぶや》きが引っかかった。

画面をスライドさせれば、花柄のドレスを纏《まと》ってつたないポーズを取る女の画像が出るわ、出るわ。これが全て自分だと思うと恥ずかしくて死にそうになるけれど、これだけの数が集まったのは素直に嬉《うれ》しい。

プライドに火のついた利奈の頑張りと、かなたそさんの協力のおかげで、あの後も続々とレンズを向けられた。一時、人垣まで出来たほどだ。

中にはめちゃくちゃ接写された画像もあるけれど、ウィッグもあるしマスクもつけているから、親兄弟でも中身がわたしだとは思わないだろう。あとは阿良川さんが気付いてくれれば。

「お願い、阿良川さん」

鏡の前で手を合わせた。

気付いて、阿良川さん。CYOCOさんだけじゃないんです。あなたの夢を、あなたの作品を、あなたのことを、こんなに応援している人間が、今ここにいるんです。

いつも寝癖が跳ねていても、空気が読めなくても、お喋《しゃべ》りが止まらなくても、レトルトカレーを直《じか》に食べていても、カッコよくなくても、オシャレじゃなくても、あなたはわたしのヒーローなんです。

だから、お願い阿良川さん。

握りしめたスマートフォンが掌《てのひら》の中でブルリと震えた。同時にピロリと間抜けな音を立てる。

来た。

黒森港のツイッターが、動いた。

黒森港…………1分前
うわあ！　何これ、何これ！　シャルロッテのコスプレしてくれてる人がいる！
うぎゃあああ、ななな、何これー！

黒森港…………1分前
嬉しい嬉しい嬉しい嬉しい嬉しい嬉しい嬉しい嬉しい嬉しい嬉しい嬉しい嬉しい！
どうしよう、机叩き過ぎて手が痛い。本ブン投げちゃったし

黒森港…………1分前
マジすごい。コスチュームの再現度、鬼！　このレイヤーさんめっちゃ可愛い
ああああああ、嬉し過ぎるーー！

黒森港…………1分前
飛び跳ね過ぎて膝痛い。本棚に肩ぶつけた
てか、このシャルロッテめっちゃ可愛い！

黒森港…………1分前
ありがとうございます！　作者としてこれほど嬉しいことはありません
お辞儀しすぎて机でおでこ打っちゃった。でも痛くない。痛いけど痛くない！
黒森港…………1分前
涙が出る。小説家になって今が一番嬉しいです。本当にありがとうございます
黒森港…………1分前
火傷《やけど》しました。暴れすぎて手にお湯被《かぶ》っちゃった。ただ今氷水で冷却中。慌てて水に手突っ込んだから服がびちゃびちゃ
黒森港…………1分前
ああ、手が痛い。膝も痛い。肩をぶつけて、おでこもズキズキして、火傷がヒリヒリして、体が冷える。一瞬で体がボロボロです
黒森港…………1分前

でも、心の炎は燃え滾《たぎ》っています
人生で今が一番、小説が書きたい

——届いた。

涙が溢《あふ》れた。

良かった、届いた。ありがとう、利奈。ありがとう、かなたそさん。ありがとう、カメラマンの皆さん。スマートフォンを胸に抱きしめると、液晶画面から注《つ》ぎ込まれるように温かい感情が心に広がっていった。

「みんなのおかげで、届きました」

胸の中のスマートフォンはまだまだ何度でも震え続ける。

呟きはまだまだ止まらない。阿良川さんのはしゃぐ姿が目に浮かぶようだった。洋服で魔法をかけるデザイナー。その端くれにわたしも指先くらいはかけることができたのだろうか。

「それにしたって、ちょっとはしゃぎ過ぎだけどね」

まったく、もう。何をやっているんですか。仕事場で大暴れじゃないですか。前からうすうす思ってたけど意外にお調子者だよなあ、阿良川さんって。

「それにしても……」

するするとスマートフォンの画面を擦《こす》り、一つの呟きで指を止めた。

黒森先生を元気づけたい一心で頑張ったけれど、まさかこの言葉を引き出せるとは思わなかったな。なんと美しい復讐《ふくしゅう》だろう。エビ天を巻上げるなんて比較にならない正真正銘の女の復讐。

黒森港
このレイヤーさんめっちゃ可愛い

「阿良川さんに、可愛いって言わせてやったぜ！」

鏡の中の自分とハイタッチを交わし、一世一代の大勝利を喜び合った。

＊

弾むような足取りでトイレを出た。

さて、今からどうしよう。スマートフォンの振動はまだまだ収まる気配がない。この分だと阿良川さんは昼ご飯を抜きそうだ。仕方なく廊下をブラブラ歩いていると、

「ああ、川久保ちゃん。ここにいたの？　ニュースニュース、大ニュースだよ！」

血相を変えて駆けてくるロマンスグレーのおじさまに呼び止められた。

「えー、なになに？　何ですか？　聞かせてください」

ああ、田尻課長。今まで邪険にしてごめんなさい。今日こそは、気の済むまで噂話《うわさ》に付き合ってあげますからね。何だったら今まで断り続けたご飯にも付き合ってあげちゃおっかしら？　食べさせてくださいよ、わたしにも。お姫様のような食べ放題を。

「実はさ、まだここだけの話なんだけど」

「はいはい、何でしょう？」

田尻課長は満面の笑みで迎えるわたしの前で、チラチラと周りの様子を窺うと、

「川久保ちゃんの派遣会社が倒産したらしいよ！」

マジもんの大ニュースを投下した。

九章　阿良川さん、未来はキラキラしてますか？

人材派遣会社コスモスエージェンシーに業務停止命令
大手人材派遣会社コスモスエージェンシー創業者　破産手続き開始
コスモスエージェンシー破産　派遣帝国の崩壊
派遣社員から搾取　悪徳企業コスモスエージェンシーの驚愕《きょうがく》のやり口

検索フォームに『コスモスエージェンシー』と入力すると、画面を突き破る勢いで次から次へとニュース記事がヒットした。送れども送れども尽きることなく湧いてくる。詳しく内容を読むまでもなくヘッドラインだけで大枠を把握することができるほど大量に。

思い返せば、おかしなところは多々あった。

人材派遣会社・コスモスエージェンシー。業界では大手の一つらしいが、登録以降首を捻《ひね》らされたことは一度や二度ではなかった。

初出社の日以来一度も担当者が顔を見せに来なかったり、事務職で希望を出したはずなのに研究補助として登録されていたり、怪我《けが》をした時は誰にも言わずに担当者に連絡せよと厳命されていたり、なぜか毎月発生する派遣手数料がサイレントで給料から天引きされていたり……等々。

社会経験の少ない夢見がちな小娘が『そんなもんか』とのみ込んでいた『大人の世界の常識』は、実のところ全てが一発アウトレベルの爆弾ばかりであり、知らせを受けた阿良《あら》川《かわ》さんが、「本当にそんな犯罪行為がまかり通っていたのですか」と目を剝《む》くほどの法律違反のオンパレードだった。

端的に言えばわたしの所属するコスモスエージェンシーは、カラスも白く見えるぐらいのバリバリのブラック企業だったというわけだ。

引くわー。何で今の今まで気付かなかったんだ、わたし。

思えば、担当者は人当りのいい人だった。学生時代はラグビーをやっていたという色の黒い大きなおじさん。将来はデザイナーになりたいと熱っぽく語るわたしの話を、親戚のおじさんのように親身になって聞いてくれた。それなら残業の少ない業種がよかろうと、今の波多野《はたの》技研を紹介してくれ、働けることが決まった時は手を叩《たた》いて喜んでくれた。

あんないい人が悪いことなどするはずがないと、高をくくってしまっていた。見えていたはずの違和感を全てスルーしてしまっていたのだ。

そして、スルーできなかった派遣仲間が労基に駆け込み、ニュース番組に実態を暴露した結果、コスモスエージェンシーの悪行は天下の知るところとなり、政府からの業務停止命令を受けて本日倒産という運びになった。

この間、僅《わず》かに一週間。わたしがドレス制作にかかりきりになっていた時期とちょうど重なる。傷心の阿良川さんがゾンビと化し、破局寸前の利奈《りな》が逆転のプロポーズを受けた時期、それぞれがそれぞれのメンタルジェットコースターに翻弄されていた時期だった。

「あの、わたしってどうなるんでしょうか？」

不具合解析課の緊急ミーティングが行われたのは昼休み明けてすぐ、いつものプレハブ小屋でだった。

「いや、どうなるんだろうな。何分俺も初めてのことだからなあ」

さすがの田尻《たじり》課長も今日ばかりは笑みが引いている。

「担当者とはまだ連絡付かないの？」

「はい。昼休みからずっと鬼電中なんですけど、全部留守電で」

「電源切ってんなぁ、これは」

「あの……わたしってクビになるんですか、ここ？」

答えのわかっている疑問を、それでも口に出さずにはいられなかった。

「いやいやいや、クビだなんて。そんなことうちから川久保ちゃんには言えないよ。筋が違うからさ。ただ、まあ、常識的に考えればコスモスさんが倒産したってことは、うちとコスモスさんの契約も切れるから、派遣で来てもらってる川久保ちゃんとの契約も……解消ってことになるのかなぁ」

つまり、クビなのですね。言い方はこの際どうでもいい。誰にどこからどう切られるのかはわからないけれど、わたしは失職するわけだ。

——失職。

無理矢理頭から除外していたその言葉を改めて意識すると、額からブワッと汗が噴き出した。失職するのか、わたし。いきなり今日から？　貯金もないのに？　アパートを出なきゃいけないのに？

「それは困ります！」

わたしの心の中の声をそっくりそのまま発音してくれたのは、阿良川さんだった。

「川久保《かわくぼ》さんは不具合解析課の欠かすことのできない戦力です。彼女がいないと一つたりとも仕事が回りません！　再考願います！　是非是非、再考願います！　川久保さんが失職などあっていいわけがありません！」

熱量を三倍にして。

「いや、俺に言われてもどうしたらいいのよ。コスモスさんを立て直せって言うの？」

「そうです！」

「そうなの？　無茶言っちゃだめだよ、阿良川くん」

「無茶ではないです！　ごめんなさい、わたしも無茶だと思います。どうしちゃったんですか、阿良川さん。らしくないというか、なんというか。何でわたしより動揺しているんですか。

「こんなのは！　こんなのはおかしい！　ああ、もう！　こんなのは、あまりにも……あまりにも……ああ！」

「ちょ、ちょっと阿良川さん、落ち着いてください。怖いですって」

「川久保さん、アスタンチンは何ですか？」

「は、はい？　何て言いました？」

「アスタンチンです。元素記号を仰《おっしゃ》ってみてください。言えますよね？」

「いや、言えますけど……An」

「ご名答。ハッシウムは？」

「Huですよね」

「ご名答。テクネチウムは？」

「Tcです」

「バークリウム」

「Bkです」

「待って待って、二人とも。何これ、急に何が始まったのよ」

突如始まった元素記号問答に、困惑の表情で割って入る田尻課長。ご質問はごもっともだが、何と聞かれてもわたしにもさっぱりだ。

「元素記号ですよ。田尻課長は今の元素を一つでも言えましたか？」

「いや、言えないけどさ。それが言えたところ何になるのよ」

「何にもなりません！」

え、ならないの？

「それでも川久保さんは覚えてくれたんです。私も課長も覚えていないような元素記号まで全部です」

阿良川さんも覚えてないの？

「ここで働いた当初は軽元素だってあやふやでした。そこからここまで完璧に記憶してくれたんです。すごいことだと思いませんか」

「そりゃまあ、確かに……」

「彼女は彼女なりに、この会社に来て以来努力して積み上げてきたものがあるのです。彼女は何も悪くない。彼女は被害者なんです。なのに見捨てるのですか？　こんなに尽くしてくれているのに。なぜ救えないんですか。こんなのは絶対に間違っています！」

阿良川さんの熱量に田尻課長が口籠《くちごも》る。気が付けば、わたしも無意識に息を止めていた。

まさか阿良川さんがこんなに激しい反応を示すとは思わなかった。

阿良川さんは怒っているのだ。初めて見た。降って湧いたわたしへの理不尽に、わたし以上に怒ってくれている。息を荒らげ、声を震わせ、手を震わせ、言葉さえも途切れがちで、

「あまりにも……川久保さんが可哀想《かわいそう》です」

それでも、わたしを見る目だけがいつもの優しい阿良川さんで、失職のショックで固まっていたわたしの心も少し震えた。

「そうだね、阿良川くんの言う通りだ。俺も可哀想だと思うよ。でも、どうしたらいいの」

「うちで雇い直すことはできないのですか？　改めて派遣で来てもらってもいいし、直接雇用のアルバイトでもいいですし、いっそのこと正社員でも」

「いやぁ、どうだろう。派遣さんは減らしたいのが本社の意向だし、それこそ俺の権限じゃなんとも。部長案件になっちゃうからな」

「部長ですね、わかりました」

言うなり阿良川さんは両手で机を突いて立ち上がった。

「どこ行くの、阿良川くん」

「部長を殺しに行ってきます」

なんで⁉　部長、可哀想。

「すみません、言葉の選択を誤りました。もちろん比喩表現です。部長を説得しに行きます……命に代えても」

よし、止めよう。多分それは話し合いじゃないし、下手をしたら阿良川さんまで一緒にクビになる。今にも発火しそうな大きな背中を追いかけてわたしも席を立つ。

ちょっと待って――。

そう言おうとした瞬間、

「川久保さん」

突然、阿良川さんが振り返った。

鼻の先、ドキリとするような距離の近さで名前を呼ばれる。大きな手がわたしの肩をすっぽりと包みこんでいた。

「何も心配はいりません。あなたの雇用は必ず、私が守ります」

そう言い残して、阿良川さんはプレハブ小屋を出て行った。

「嘘《うそ》でしょ。本気で行くの、阿良川くん。落ち着きなよ」

その後ろを田尻課長が追いかけていく。

当然わたしも後に続くべきなのだろう。でも、動けなかった。

阿良川さんに触れられた肩がじんわり熱くなる。それは胸に伝わり、頬に伝わり、頭の中まで上ってくる。

やめなよ、今じゃないよ。今はそんなことを考えている場合じゃない。そんなことは、十分わかっていたけれど。

「あなた(の雇用)は必ず、私が守ります——だって」

……そんなん、お姫様が言われるやつじゃん。

括弧の中の三文字を意識的に脳内から弾《はじ》き飛ばして、わたしは一人で場違いな思いに顔を赤くしていた。

＊

まあ、もちろん。現実はそれほど甘くはない。

焼けた鉄のようにプレハブ小屋を飛び出していった阿良川さんが、萎《しな》びた草のようになって帰ってきたのは、かれこれ二時間が経過した頃だった。

「すみません、川久保さん。だめでした」

ですよね。それが当然だと思います。

二時間の冷却期間で、わたしの妄想も綺麗《きれい》に冷めた。相変わらず派遣元とは連絡が取れなかったけれど、『派遣会社　倒産』で検索する程度の余裕は取り戻していた。

どのサイトを覗《のぞ》いてみても、派遣会社の倒産と契約の消滅はイコールであり、そこからの雇用継続は極めて難しいと記されていた。ましてや、波多野技研が派遣社員の減少を目指しているのだとしたら、それは一社員の情熱で覆せるものではない。

「本当に申し訳ございません」

阿良川さんの高い頭が深々と振り下ろされた。

「そんな。謝らないでください。阿良川さんのせいじゃないんですから」

「部長までは何とか説得できたのですが、社長と総務部長が崩せませんでした……無念です」

部長はいけたのか。やっぱすごいな、この人は。

「自分が情けないです。今までずっと頑張ってくれていた川久保さんを救えないなんて、私は……」

見下げる位置から、見上げる位置へ。元の高さに戻ってきた阿良川さんの表情は、悔しそうに歪《ゆが》んでいた。CYOCO《チヨコ》さんに画像を消された時ですら見せなかった悲痛な表情。

そんな顔を見た瞬間にわたしの中で何かが弾けた。

「救うだなんて大げさですよ」

「……え？」

「大丈夫、次の仕事はすぐにまた紹介してもらえますから。待ってる間に担当者と連絡がついたんですよ。波多野技研はもう無理だけど、次の仕事は責任もって紹介できるからって太鼓判を押されました」

「それは……本当ですか？」

「もちろん、本当です！」

もちろん、大嘘です。

連絡なんか取れるわけありません。次の仕事なんてあるわけありません。

でも――。

「お詫《わ》びだからって条件もだいぶ良くしてもらえるそうですよ、えへへ」

――わたしは阿良川さんのこんな顔を見たくなかった。

「職場も今より近くなるみたいで。徒歩で行けちゃうんです、徒歩で」

――優しく笑ってくれる阿良川さんが好きだった。

「あまり有名な会社じゃないから名前は知らないけど、福利厚生もちゃんとしてて」

――こんな顔を見るためにドレスを作ったんじゃない。

「ボーナスもあって、有給休暇もあって、正社員登用の道もあるらしいです」

――こんな顔をさせるためにコスプレの禁を破ったわけじゃない。

「あとそれから、それから、えっとえっと……とにかく夢のような派遣先なんです！」

――わたしは、ただ。

「だから元気を出してください、阿良川さん！」

――この一言が伝えたくて。

「今まで本っ当にお世話になりました！　ありがとうございます！」

最後にわたしは、ちゃんと笑えていただろうか。

「川久保さん……」

少なくとも、阿良川さんは笑って見送ってはくれなかった。

＊

結局、これでよかったのだと思う。

所詮、派遣社員は渡り鳥だ。波多野技研は良《い》い会社だったけれど初めから長く居座るつもりもなかったし、そもそも派遣社員である限り同じ職場での三年以上の労働は法律的に不可能なのだ。

たいして愛してもいない仕事で成功することほど許しがたいことはないと言ったのは、確かクリスチャン・ディオールだったっけ。

派遣社員にとっての成功が何を意味するのかはわからないけれど、元素記号をいくつ覚えたとしても、装置の扱いに習熟したとしても、やっぱり生活のために勧められるまま無造作に決めた腰掛の職場であることに変わりはない。

だから、切り替えればそれでいい。

短期のアルバイトが終了した。ただ、それだけのことだ。

「やっべ、もうこんな時間だ。もう行くわ」

数分前にベッドから起き出してきた利奈は、鉄壁のメイクで昨夜のアルコールを封じ込めると、朝食もそこそこに慌ただしく玄関へと駆けて行った。

「いってらっしゃい、晩御飯は何がいい？」

「肉で！」

新妻のように甲斐甲斐《かいがい》しく見送りに出るわたしに向かって、利奈は背中越しに言い放つ。

「じゃあ、野菜炒《いた》めにするね」

「肉だっつってんでしょ」

「お肉多目に入れるから我慢してよ。あ、そうだ。お皿のシールも溜《た》まってたよね、買い物ついでに交換してくるね。他に何かいるものある？」

「えーっと、そうだな……」

すでに遅刻寸前のはずの利奈はしばしの間、貴重な時間とシスタームームーのレザーキーホルダーをぐにぐにと指で潰すと、

「つーか、何か慣れないね。あんたに送り出されるの」

苦笑いを浮かべて振り返った。

「そろそろ慣れてよ。仕事辞めてもう一週間も経《た》ってるのに」

「嘘！　もうそんなになるっけ？」

「なるなる」

「一週間早っ。すぐ死ぬじゃん、人生って」

「おばさんみたいなこと言ってないで早く行きな。遅刻するよ」

「んー。でもなあ」

「何？」

「あたしは本当に合ってたと思ったけどな、あの会社」

「いってらっしゃい」

最後の言葉は聞こえないふりをして、わたしは利奈を見送った。

カツカツとミュールの音が遠ざかっていく。できる女は足音だって快活だ。

結婚が決まってからの利奈はさらに絶好調のようで、近々本社に呼ばれることが内定したらしい。公私ともに前進を忘れない親友にわたしはいつになったら追いつくことができるのだろうか。

すぐ死ぬじゃん、人生って——か。

「まあ……ゆっくり……ね」

独り言と溜息《ためいき》の中間のようなものを吐き出して、ガチャンと扉の鍵を回した。

無職になってからの一週間は、滑りの悪い粘液のようにぬるりぬるりと過ぎていった。

結局、あの後も派遣会社の担当者と連絡が繋《つな》がることはなく、代わりにコスモスエージェンシー名義の判で押したようなメールが一通、投げ入れるように届いただけだった。たった数行の一斉送信メールでわたしは無職になってしまったのだ。日本、怖っ。

ただ、ブラック企業のわりに保険回りのことはしっかりしてくれていたようで失業保険はすぐにもらえたし、厚生労働省の未払賃金立替払制度なるものも適用できるらしく、明日にも路頭に迷うなどという事態は回避できた。日本、優しっ。

「さてと、今日はどうしようかな」

さっと洗った朝ご飯のお皿を水切り籠に差し込んで呟《つぶや》いた。スーパーに行くことは確定しているけれど、開店時間まではしばらくある。その間、何をしてやろうかしら。

焦ったって仕方がない。どうせすぐに仕事が見つかるわけもなし、わたしは降って湧いたような職業的空白を人生の充電期間と捉えることにした。すり減った心に滋養を与え、たっぷりと自分を甘やかす回復の時間。

昨日は美容院に行き、髪の毛をバッサリと切った。中学生以来のショートヘアだ。それから、欲しかった漫画を買い込み、お気に入りのミュージシャンの新作アルバムをダウンロードし、気になっていた近所のケーキ屋さんのプリンを買い、CYOCOさんがインスタグラムでお薦めしていたアロマキャンドルと化粧水を入手した。

盤石だ。五感の全てで楽しむ準備が整った。

さあ、どこから喜ばせてやろうか。目か、鼻か、口か、お肌か。やっぱりまずはキャンドルだ。芳醇な香りに癒《いや》されつつ、音楽をかけて、プリンを食べて、漫画を読んで——。

「ああ……面倒くさい」

そんな自分を想像するだけでどっと疲れて、わたしはベッドに横たわった。

なぜだろう、昨日までトキメいていたはずなのに心が全く弾まない。ただ寝転んでツイッターを彷徨《さまよ》うことしかできない。マズいな。これっていつかどこかで聞いた鬱《うつ》病の前兆じゃないのか。

「今頃、みんな……何してるんだろ」

田尻課長はまたどこからか噂《うわさ》話を仕入れているのだろうか。美咲《みさき》さんは相変わらず馬鹿笑いをしてて、愛梨《あいり》ちゃんは可愛《かわ》いくて、真雪《まゆき》さんは不満げに眼鏡を弄《いじ》っている。そして、阿良川さんは……。

そう思った瞬間、視界が歪んだ。

ああ、だめだ。涙まで出ちゃったら、もうお終《しま》いだ。

もう認めるしかないようだ。わたしは落ち込んでいるのだ。わたしは、自分で思っていたよりずっとずっと波多野技研のことが気に入っていたのだ。あの会社の仕事が、職場の雰囲気が、一緒に働いていた人達が。

涙はさらにこみ上げてくる。それでも、零《こぼ》れ落ちなければギリギリ泣いたことにはならないはず。誰に意地を張っているのかわからないけれど、必死に瞬きを堪えているとスマートフォンが

——ぴぽっ。

間抜けな音を吐き出した。

黒森港《くろもりこう》…………1分前
おはようございます！　Ｗｅｂ版『シュワルツワルトの風』最新話アップしました！
自分で言うのも何ですが、神回です！　一週間連続の神回、是非ともご覧ください！
小説大好きー！

…………。

ちなみに、黒森先生は絶好調のご様子だ。

別れ際の悲壮な顔を見た時はまた創作に影響が出るんじゃないかと心配したけれど、翌日からの黒森港はまるで生まれ変わったようにエネルギーに満ち溢《あふ》れ、自称神回を連発している。滞っていたツイッターも全ての文末に『！』マークが付くほど気力が漲《みなぎ》っていた。

「……いや、いいんですけどね、別に」

すごくいいことなんですけどね、これは。

だってわたしは阿良川さんに元気になってほしくて頑張ったわけだから。阿良川さんに元気になってもらうためにドレスを作って、コスプレして、笑顔で職を辞したわけだから。

望み通りの結果なんだけど。

――ぴぽっ。

黒森港………………1分前

新キャラが登場してから小説を書くのが楽しくて仕方ありません！

閲覧数も増えていますし（新記録！）、新キャラ、たくさん褒めていただいておりま

す！　自分で言うのも恥ずかしいですが、黒森港・絶好調です！

……そんなに元気になりますか、普通？

いや、いいんだけどどね。喜ばしくてしょうがないですけどもね。

ただ、そのー。もうちょっとそのー。ないもんだろうか、配慮とか。鬱病寸前の無職女性に対する、気遣いとか。いや、いいんですよ、全然。全っ然いいんだけど新記録とか出すかな、このタイミングで。切り替え早くないですか。CYOCOさんの時とあまりにも差がないですか。

「涙も乾くわ……」

ぼふっと掛布団を蹴っ飛ばして寝返りを打った。

阿良川さんにとって、わたしって何なんだろう。

表向きは職場の部下と上司、あるいは同僚。でも裏では——

「……あれ、待てよ」

裏とかあるのか、わたし達って。

確かにわたしは阿良川さんの裏の顔をほぼ全部知っているけれど、阿良川さんは何も知らない。わたしに知られていることすら気付いていない。どこまで行っても阿良川さんにとってわたしは、ただの職場の可哀想《かわいそう》な女。

じゃあ、わたしにとって阿良川さんはどういう存在なんだろう。

「好き……だよね」

人として！　あくまで一社会人として！

あっぶねー。何を呟いているんだ、わたし。そう、人として。同じクリエーターを志す者として、すごくすごくすごくすごくすごく、とてもとてもとても、好印象を持っている。

「クリエーターか……」

また寝返りを打つと、トルソーにかけられたシャルロッテのドレスが目に入った。

何度見てもいい出来だ。ひだの一つ一つまでが愛らしい。こんな物よく一週間で作れたもんだ。このドレスを見る度にわたしの心に小さな熱が灯《とも》る。

何であんなに頑張ることができたのだろう。阿良川さんが好きだから？　元気を出してほしいから？　違う。それだけじゃない。あの時、わたしの心にあったのは――。

また、スマートフォンが通知を鳴らした。

黒森港…………1分前
改めて宣言します！　私、黒森港は小説が大好きです！

もう！　好き好き、好き好き、うっさいなぁ！　人の気も知らないで！

たまらずベッドから飛び起きた。そして、鞄《かばん》から財布を引っ掴《つか》むと、

「わたしだって、大好きなんだからな！」

そう叫びながら部屋から飛び出していた。

＊

「よしっ、やってやる！」

布屋から帰還したわたしは、両手いっぱいの紙袋をドバドバと床に放り出し、なにはともあれ『シュワルツワルトの風』のページを捲《めく》った。

さあ、どこだ。出てこい、お姫様。初登場は一章の中盤で、次の登場は二章の確か終盤だったはず。

不思議なものだ。あんなに嫌っていた彼女の登場シーンをわたしは正確に把握している。考えたくもないけれど、わたしはあの子のことを気に入り始めているのかもしれない。

『シ』『ャ』『ル』『ロ』『ッ』『テ』の六文字を紙面に求めてパラパラとページを流していくと……………はい、いた。

やっぱり二章の終盤だったか。二度目の登場シーン、衣装はイブニングドレスと書いてある。

イブニングドレスってなんだっけ？　覚悟はしていたが挿絵はない。シャルロッテは出番が多い上、出てくる度にコロコロと衣装を替えるので、全ての衣服が挿絵に起こされることはもちろんない。だからそのデザインは黒森港の文章による描写から想像するしかないわけで。

「なになに……『シャルロッテの気品を際立たせるようなイブニングドレス』か。ほうほう、それから……『大胆なローブ・デコルテが目を引き』ますと……『それはまるで春を告げる雪解け水が形を取って顕現したかのようだった』……ですか」

なるほどなるほど、全く画《え》が浮かばないな。

しかし、あの阿良川さんが適当な知識で『イブニングドレス』や『ローブ・デコルテ』なんて単語を使用するとは思えない。きっと何かの参考資料を見た上で自分なりにイメージを固めているはずだ。

ヒントを求めて長らく埃《ほこり》を被《かぶ》っていたファッション辞典と教科書を引きずり出し、イブニングドレスの構造を調べてみた。それからネットで画像検索し、最後は想像力を振り絞る。

考えろ、阿良川さんが『気品を際立たせる』と表現するシルエットと、『大胆』と評する形、そして『春の雪解け水』と比喩する色、そして、シャルロッテのキャラクター。

「オッケーです！」

バチンと音を立ててファッション辞典を閉じた。

ブルーグレイのプリンセスライン、レースたっぷりフリルたっぷり、足元に向かって白のグラデーションも入れていこう。これで決まりだ。

待っててくださいよ、阿良川さん。あなたの脳内イメージ通りの衣装を、ばっちり顕現させてみせますからね。

心に灯った小さな熱がブワッと一気に燃え広がる。火の出るような手を布が詰まった紙袋に突っ込んだ。


「ただいまー。千夏《ちか》いないのー。うわっ、いるし！」

作業に取り掛かるといつの間にか夜になっていた。ついさっき仕事に出て行ったばっかりの利奈が目を丸くして戸口に立っている。

「ついさっきじゃねーわ。バリバリ残業して帰って来たつーの。つーか、何？　また衣装作ってんの？」

「うん、作ってる。しばらく籠《こも》るから」

「そ、そうなんだ。ちなみに晩飯の野菜炒《いた》めの件はどうなってる感じ？」

「うわ、ごめん、忘れてた。すぐにウーバー頼むから！　マジでごめん」

「別にいいけど。先に一杯やってるから」

「そうだ、プリンあるよ。届くまでプリン食べてて」

「いらないよ。ビールにプリンって。プリン体《たい》爆発しそうじゃん。千夏も休憩したら？」

「いい。ご飯もいいから。それじゃね」

利奈を部屋から締め出して、再び布の海に突入する。春の雪解けを表現する刺繡《ししゅう》、その一端がもう少しで摑めそうだった。まち針を口にくわえイメージの世界に深く潜ると、また時間が飛んだ。


そして。

「うわ、出来ちゃった……」

二回目のドレス制作は徹夜しなくても一週間で出来た。速っ。すごっ、わたし。花柄のドレスの横に並ぶ、薄いブルーのイブニングドレス。朝の光をきらきらと跳ね返すフォルムは、今まさに雪の中から溶け出てきたかのようだ。

「……出来もいいじゃん」

スカート生地を撫《な》でながら呟《つぶや》いた。速さだけじゃない。完成度も一回目より明らかに上がっている。並べてみれば一目瞭然、全体のバランスが良くなったし、縫製の緻密さも増している。

「わたし、上手《うま》くなってるかも……」

その思いはドレスを身に纏《まと》ってみて確信に変わった。

やっぱり、腕が上がってる。フィット感がいいし、何より軽くて動きやすい。無意識にターンとかポージングとか決めてしまう。

自分でコスチュームを着てみるまでは着心地のことなんてほとんど考えていなかったけれど、着やすい服ってこんなにテンション上がるんだな。やはり何でもやってみるもんだ。

『いい服は、見た目より先に心を飾る』そう言ったのは誰だっけ。誰でもないならわたしの言葉として語り継いでほしい。

「さあ、後は自撮りをするだけだ」

ところがこれが難しかった。ボリュームのあるドレスをスマートフォンで自撮りしようと思うと、どうやっても全体が収まらない。絶望的に手が短い。

どうしよう、セルフタイマーを利用するか。それなら利奈のデジカメと三脚を借りようかな。どうせなら野外で撮っちゃうか。部屋の貧弱な照明だとどうしても色がくすんで写る。撮影には自然光が一番だって聞いたことがあるし……いや、でも一人で野外とか。

幸い、徒歩五分の距離におあつらえ向きの公園はあるけれど、当たり前だが更衣室なんて設置されてない。やるならこのカッコのまま突入するしかない。嘘《うそ》でしょ？　市街地を？　イブニングドレスで？　いや、ハズっ。さすがにそれは恥ずかしすぎる。

「でも、行くしかない！」

迷えば足がすくむだけだ。自分に悩む時間を与えず、雪解け水のお姫様のままデジカメと三脚を引っ摑んで玄関から飛び出した。

大丈夫、午前中のこの時間は多分人の出入りは少ないはず。急いで出ていけば誰にも見つからずに公園に辿《たど》り着けるはず。

「あ、おはようございます」

「おはようございます！　お掃除ご苦労様です！」

アパートの共用部を掃除してくれていた業者さんに速攻で声をかけられたけれど、住人じゃないからギリセーフ。このまま公園まで駆け抜けろ。

「あ、お姫様だー！　お母さん、見て。お姫様だよー」

「ほんとだねー。お姫様だねー。お仕事かなー？」

駆け抜けた先の公園で親子連れの集団に囃《はや》し立てられたけれど、これもアパートの住人じゃないのでセーフということでお願いします。

「よし、これでいいよね？　うん、もういい。これでいく」

撮影を終えて部屋に戻ると、早速画像をツイッターにアップした。

ちょっといいデジカメと三脚があれば素人でも簡単にプロ並みの写真が撮れる……なーんてことがあるわけもなく、結局公園マダムに頼み込んで撮影してもらった一枚をタグ盛り盛りにしてツイッターに放流した。

#シュワルツワルトの風　#ライトノベル　#シャルロッテ　#手作り衣装　#コスプレ

「さあ、喰《く》いつくかな。ちょうど昼休みだしもしかしたら、ってうわっ、早っ！」

引くほど早い『いいね』の通知に独り言が遮られた。


黒森港さんがあなたのツイートをいいねしました

「はい、釣れたぁ！　わたしの勝ちぃ！」

突き上げた拳が、蛍光灯の紐《ひも》をカランと鳴らした。

相変わらず大先生はエゴサーチが大好きのようだ。さすがに初めて衣装をアップした時のような感情爆発のツイートはないけれど、レスポンスの早さに喜びの度合いがうかがえる。もしかして、またプレハブ小屋で跳ね回っているのかな？

「よし。次だ、次」

興奮そのままに、また『シュワルツワルトの風』のページを捲った。次の衣装はネグリジェか。こんなもん二日で行ける。その次は？

「アフタヌーンドレス……ほうほう、これはちょっと時間がかかりそうだな。これも挿絵はなし。描写は……『木漏れ日の妖精のような緑』……『デコレーションケーキのようなフリル』……『乙女心を象徴するリボン』……オッケーです！」

イメージを頭に叩《たた》き込み、また布に潜った。

そうやって次の衣装が完成すれば、すぐにまた次へ。シャルロッテが身に着けた衣服を、身に着けた順番に片っ端から顕現させていく。なんでこんなことをやっているのだろう。人生の充電期間のはずなのに、自分を甘やかす時間のはずなのに。自分でも目的はよくわからなかったけれど、とにかく片っ端から画像をツイッターにアップしていく。

「今度はもっとポーズに動きをつけてみようかなっと……お、いいじゃん」

自撮りを繰り返すうちに、コツのようなものも摑《つか》めてきた。

大事なのは角度と光、あと心映え。どんなに構図に凝ってみても心が役に入ってなかったらいい写真は撮れない。そのためにはメイクだって重要だ。顔バレ防止のために半分以上マスクで隠してしまうけれど、口元まできっちり固めた。

こうして作っては撮り、撮っては作りを繰り返していたら、あっという間に三か月が過ぎていた。

嘘、三か月？　月日早っ。すぐ死ぬじゃん、本当に。

すぐ死ぬわたしは、今日もシャルロッテの衣装をツイッターにアップする。

前に一度バズったおかげか、反響は予想より遥《はる》かに大きかった。ドレスの自撮りを上げる度もらえる『いいね』が増えていくけれど、いつも一番に飛んでくるのはやっぱりあの人だ。

「今日も来るはず。きっと来るはず。そろそろ来るはず。はい、来る。来る来る来る来る……」

真っ赤なドレスに身を包み、呪いを込めるかのようにスマートフォンを睨《にら》み付けた。

お元気ですか、阿良川さん。

会わない間に季節も変わってしまいましたね。小説に会社に大忙しのあなたはもうわたしのことなんて忘れているのでしょう。高価な実験用テープをセロハンテープ代わりに使い、天ぷら蕎麦《そば》のエビを分け合い、一緒にパーティーを抜け出した女のことなんて記憶の端にもないのでしょう。

――しかし。


黒森港さんがあなたのツイートをいいねしました

「来たぁ！　今日もわたしの勝ち！」

それでも、こうして秒速で『いいね』が貰《もら》えているうちは、あなたはわたしの虜《とりこ》です。これでわたしの18勝0敗。気分がいいったらありゃしませんよ、おほほほ。

「うわぁ、一人でドレス着て高笑いしてる痛い女がいる！　きっと部屋に自分しかいないと思って油断してたんだあ！」

そこまでわかってるんなら入る前に一声かけてよ。

戸口でドン引きしている利奈を振り返り、スマートフォンを投げつける真似《まね》をした。

「はー、しかし今度もまた物凄《ものすご》いの作ったね。何これ、仮面舞踏会？」

「そうそう。種類的にはファッションドレスっていうんだけどね。今回は仮面と帽子も手作りしてみた」

「どこ目指してんのよ、あんたは」

ヴェネツィアのカーニバルもかくやとばかりのイブニングドレスをもはや呆《あき》れたように一歩下がって眺める利奈。

「こんなん手作りするやつ初めて見たんだけど」

「いやー、楽しかったわー。出来上がっちゃったのが残念なくらい。まだなんか頭がカッカッしてんの。見て見て、この肩と袖。ヤバくない？　下半身はクラシックにしてぇ、でも上半身はオリジナリティ出してみた。歴史と未来の融合がテーマなの。ここの飾りも布の切れっぱしを使ってサステイナブルを意識してぇ――」

「ああ、うっさいうっさい。パッション先行で喋《しゃべ》んな。ちゃんと見てあげるからまっすぐ立って」

そう言うと、利奈は腕を組みながらわたしの周りをゆっくりと一周し、

「うん、大好き」

目の前で親指を立てて『いいね』をくれた。

「いえーい。次だ、次！」

さすがカリスマ店長は人をのせるのがうまい。利奈はたった一言でわたしの制作意欲を一層激しく燃え上がらせると、

「ところであんた、次の仕事ってもう見つけたの？」

次の一言で素早く鎮火にかかった。

「ぐぅぇ、仕事……ですか？」

「うん。決まったの？」

スマートフォン片手に放たれた利奈の言葉が鳩尾《みぞおち》にえぐり込んでくる。

「いや、その……最近ずっと衣装にかかりっきりだったものですから……あ、もしかしてアパート出ていく話ですか？　ごめん、すっかり忘れてたです……けど、出てくから！

ちゃんと。今月中か……ごめん、来月になるかもですけど……」

「いや、そんなん別にいつでもいいのよ。あー、どうしよっかなー。でもなー、全然違うんだよなー」

違うですか？　何がですか？

「でも、もしかしたらいけんのかな？」

だから、何がですか？　何でそんなに頭を掻《か》き毟《むし》りながらこっちを見てくるのですか。

「静かにして！　今考えてるから！」

喋ってないです。さっきからずっと黙ってます。何なんですか、その眼《め》は？

わたしを見つめる親友の視線に、ビジネスのシビアさが宿った気がした。

今回のシャルロッテの衣装は仮面舞踏会用のパーティードレス。またしても挿絵はなかったけれど、『誰よりも華やか』、『妖艶かつ情熱的』、『炎の妖精のよう』という描写から、ヴェネツィアの仮面舞踏会を参考に仕上げてみた。我ながら最高傑作と呼べる仕上がりになったけれど………。

「あのー、あたしってさあ、若者に大人気のシスタームームーのいわゆるカリスマ店長ってやつなのよ」

「え？　ああ……うん。そうだね」

「売り上げの記録も持ってるし、本社の企画にも呼ばれるし、最年少エリアマネージャーも確定してんの。社内でも一目置かれるバリバリのエースなわけさ」

「へ、へー。すごいじゃん」

何だ、この唐突な自分語りは。ちょっと怖いんですけど。ごめんって、ちゃんと仕事は探すから。

「だからあたしって、色んな人から色んな相談を受けんのよ。販売部はもちろんデザイン部からもね」

「デザイン部……？」

「あんたこれ、どう思う？」

そう言うと、利奈はさっとスマートフォンの画面を擦《こす》り、無造作にわたしの眼前に突き出してきた。いや、画面バキバキじゃん。なんだ、これ。ラインのトーク画面か？

「触っちゃだめよ。社内秘の業務連絡だから。スマホには触れずに文字だけ読んで」

「読みにくいって。スマホ買い替えなよ。なんなのこれ？」

展開が唐突過ぎて、文字が頭に入ってこない。辛《かろ》うじて『新規部門』、『緊急募集』、『採用条件』、『経験者優遇』、そんな言葉だけを断片的にひび割れの間から拾い上げることができた。

「正直さ、千夏って全然条件から外れてんのよ」

……条件？　何の？

「年齢も学歴も実績も容姿も、完全に門前払いのレベルなのよね」

容姿は関係ない。何の話をしているのか摑み切れないけれど、容姿は絶対に関係がないはずだ。

「でも、そんなん全部ひっくり返してやったら面白いと思うんだ。千夏のそのー、あれよ、パッションで」

「……パッションで？」

「どうする？　やるならバックアップはできる。時間が欲しいなら明後日《あさって》までは——」

「やる！」

「おけ」

正直、利奈が何を言っているのか半分も理解できなかったけれど、わたしの心に燃えている何かが即答でそう言わせた。

ねえ、阿良川さん、聞いてください。いったい、何が起きているのでしょうか。

足早にアスファルトを踏みしめる靴底がパキッと何かを踏み潰した。

わけもわからないまま二つ返事でオーケーしてから、改めて利奈の話を詳しく聞くうちに居ても立ってもいられなくなり、わたしはアパートから飛び出した。何かでエネルギーを消費しないと叫び出してしまいそうだったから。

ねえ、阿良川さん、聞いてください。これは夢じゃないんですか。まさか、わたしの人生にこんな日が来るだなんて。

ただ今時刻は午後五時半。駅からは一日の勤めを終えたと思《おぼ》しきスーツ姿や学生服姿の一団が吐き出されてくる。その間をすり抜けて歩き続け、

「…………」

とある場所で足を止めた。

それは、もう二度と近寄るまいと決めていた禁断の地。女としてのプライドを粉々に砕かれた忌まわしの場所。

中世のお城を模したその建物の前に立ち、改めて外観を見上げてみた。

男女がその目的のためにだけ訪れる、その目的専用の場所。どれだけ頑張ってみても、その一室に収まるわたしと阿良川さんの姿を想像することはできなかった。

ねえ、阿良川さん。あなたは今何をしていますか。まだ会社でお仕事中ですか。それとも、もう黒森港に変身しているのですか。

正直、わたしは今ビビっています。阿良川さんならきっと応援してくれますよね。一パーセントの疑いもなく「あなたならやれます」と、指一本触れずに背中を押してくれますよね。

ビビっとクラクションの音が耳を突いた。

往来の真ん中でラブホテルの一室を見上げる女はさぞかし不審に見えたことだろう。おとなしく端に寄ると、またクラクションが追撃してきた。

なんだろう、この既視感。見覚えのある車だった。見覚えのあるフォルムに見覚えのあるカラーリング。

「川久保さん！」

そして、見覚えのある大男が停止した車の中から転がり出てきた。

「川久保さん、私です！　川久保さん！」

とっさに返事ができなかったのは、とても現実だとは思えなかったからだ。

だってそうだろう。こんなに都合のいい話があるはずがない。こんな素敵な一日があるはずがない。ずっと会いたかった人に、一番会いたいタイミングで出会えるなんて、おとぎ話でも出来過ぎだ。きっと何かの間違いだ。きっと他人のそら似だ。

「川久保さん、私です！　覚えていますか、川久保千夏さん！」

……ああ、やっぱり。

膝から崩れ落ちそうになった。

やっぱり、見間違いじゃなかった。やっぱり、絶対にあの人だ。

「お久しぶりです、川久保千夏さん！　やっぱりここで会えましたね。ここでなら必ず会えると思っていました、川久保千夏さん！」

こんな場所《ラブホ前》で女のフルネームを連呼できる人類なんて、この世に一人しかいないはずだ。

＊

「ご無沙汰しています、川久保さん。お元気そうで何よりです」

川原の風に跳ねた寝癖を靡《なび》かせながら、阿良川さんは相変わらずのアルパカの笑顔でそう言った。

アパート横の河川敷の散歩道は、駅前の美容院とその隣のカフェに並ぶご近所のお気に入りスポットだったけれど、まさか阿良川さんと二人で歩く日が来るとは思わなかった。人の迷惑も顧みず、『川久保さん』を連呼する鈍感男を何とか黙らせ、とりあえずここまで引っ張ってきたけれど。

「阿良川さんもお元気そうですね。何というか……相変わらずで安心しました」

「私も安心しました。川久保さんも何も変わってらっしゃらないようで何よりです」

そんなわけないでしょう。絶対に髪を切ってます。気付けよ、もう。

「てゆーか、阿良川さんずっとわたしのこと探してたんですか？　あの場所で？　毎日？」

「いえいえ、さすがに毎日というわけにはいきません。でも、会社の行き帰りはできるだけあそこを通るようにはしていました。なにせ、あの場所しか川久保さんに繋《つな》がる道がなかったので」

「わたしの住所とか連絡先は総務に伝えてあったはずですけど。そこで聞くという方法は……」

「そんなことできるわけないじゃないですか！」

想像もしていなかったというふうに阿良川さんが目を見開いた。

「コンプライアンス違反です」

ストーカー紛《まが》いの待ち伏せはコンプラに引っかからないのですか。何というか、この人はやっぱり相変わらずだ。

「とにかく、やっと会えてよかったです。ずっと心配していましたから」

「心配……？　何の？」

「もちろん、お仕事の方面です。新しい仕事はもう見つかったのかなと。それが気がかりで」

「仕事って。それは、ほら、いいところを紹介してもらったって言ったじゃないですか、辞める時に」

「はい、それは確かに伺いましたが。どうにもこうにも実在するとは思えなかったもので」

……ああ、なんだ。やっぱりバレてたのか。

「川久保さん」

わたしの表情から全てを察したように、阿良川さんが歩みを止めた。そして、神妙な顔つきでこちらを見つめ、

「もう一度波多野技研に戻ってきてもらえませんか」

「え……」

唐突にそう言った。

「お願いします！」

「戻ってくるって……」

それはつまり、もう一度不具合解析課と派遣契約を結べということだろうか？

「虫がいい話なのは重々承知しています。しかし、そこを押してお願いしたいのです。私は先の異動で課長を兼務することになりました。来年度には正式な課長になることまで含められています。そうなった暁には、必ずあなたを正社員として雇用することを約束します。だからお願いです。どうか戻ってきてください」

「阿良川さん……」

「不具合解析課にはあなたが必要なんです！」

向かい風を吹き飛ばすような大声を上げて、さらに深く阿良川さんは頭を下げた。

河川敷とはいえ、往来の真ん中でだ。ランニング中のおじいさんが横目を向けながら隣を通り抜けていく。川原で幼い兄弟を遊ばせていた主婦も何事かとこっちを振り返った。

「お願いします！」

それでも阿良川さんは頭を下げ続けた。

いかに無欲な阿良川さんでもプライドはあるはずだ。大企業の管理職がこんな往来で小娘に頭を下げるのにどれほどの覚悟がいることだろう。たかだか元派遣社員一人のためにここまでしてくれる人がいったいどれだけいるだろう。

わたしのことなんてすっかり忘れていると思っていたのに。忙しい仕事の合間を縫ってわたしの復帰の準備を進めてくれていたんですか？　素直に嬉《うれ》しいです。

嬉しいですけど――。

「すみません。わたしは波多野技研に戻るつもりはありません」

わたしも深々と頭を下げてそう言った。

「しかし、川久保さん――」

「ねえ、阿良川さん。実はわたしも阿良川さんに聞いてほしいことがあるんですよ。だから今日こうして会えてすごく嬉しいんです」

「はい？」

「ほらほら、はやく頭を上げてください。話しにくいです」

「え、あ、はあ」

戸惑いがちにせり上がってくる阿良川さんの顔が、わたしの頭を越えるまでの僅《わず》かな間に決意を固めた。

「わたし、もう一度夢を追いかけてみようと思うんです」

「夢……ですか？」

「はい、デザイナーになるという夢です」

素面《しらふ》でこの言葉を発するのはいつ以来だろう。

利奈が見せてくれたのは、シスタームームーの事業拡大の知らせだった。二十代のカジュアルウェアを中心に扱ってきたシスタームームーが、新たにスポーツウェア部門に参入するにあたって大規模なデザイナーの募集が行われるらしい。

もちろん、わたしはアシスタントとしての応募になるわけだが、それだってハードルはべらぼうに高い。何せ利奈の言った通り年齢も学歴も実績も何一つ採用基準に達していないのだから。普通に考えれば書類で落ちる。それでも、やれるだけのことをやってやろうと決めたのだ。

思えばわたしは専門学校に入った時からずっと、誰かにデザイナーにならせてもらおうとしていた。必死なフリをしてずっと誰かに導いてもらうことしか考えていなかった。

それに気付かせてくれたのは、利奈と——。

「今度こそ真剣にその門を叩《たた》いてみたいと思います」

どうやったら開くのか、どこにあるのかすらわからない扉だけど、とにかくがむしゃらに叩いてやると決めたんだ。

「……す」

「え？」

「素晴らしいです！」

対岸を歩く人が振り返るほどの大声を上げて、阿良川さんはわたしの手を取った。

「うわ、ちょっと、阿良川さん！　何してるんですか！」

「ああ、すみません。セクハラでした。でも、素晴らしい。素晴らしい決断だと思います。やはりあなたはかっこいい」

「かっこよくなんてないですってば」

「いえ、それは私の感情ですので議論の余地はありません。かっこいいのです！」

声でかいって、だから。あと力も強いです。手が痛いです。

本当にもう。いい年して恥ずかしくないのか、この人は……。

「川久保さんはやはり、私のヒーローです」

……ないんだろうな、きっと。

一点の曇りもなく言い切る阿良川さんの目を見ていると、むしろ恥ずかしさを感じる自分の方が馬鹿げているように思えてしまう。

「頑張ります」

素直にそう言えてしまう。

「あなたらきっとうまくいきますよ」

「ありがとうございます」

やっぱりあなたは、そう言ってくれるのですね。

涙が出そうになった。阿良川さんはそんなわたしに向かって力強く頷《うなず》くと、

「そ、そ、それでででですね。そそそ、それを踏まえた上で……一点おねが、おねが、お願いが……ありありまして」

急にふがふがと言いよどみ出した。

「何ですか、急に？　どうしました、阿良川さん」

「あ、あ、あのですね。先ほどから申しておりますように、私はその、ぜひ川久保さんの夢をですね、し、し、し、支援したく思うのです」

「はあ、そうですか」

ご、ご、ご、ご支援ありがとうございます。

「し、し、しかしですね、それは、その、心の中でエールを送るとか、星に願うとかそういった抽象的なものでなく、もっと、こう、実際的なものでありたいと思っています」

「はあ」

「そ、そ、そのためにはですね、や、や、やはり実際的な繋がりが不可欠だと思うのです」

「……なるほど」

「そしてその繋がりは即時性がなければ意味がないわけで、はい、そのー、はい、そう思います。わかりますか？」

無茶言わないでください。わかるわけないでしょう。急になんの表明が始まったんだ。

さっきまであんなに揺るぎなかった阿良川さんの瞳が、眼球狭しと泳ぎ回っているけれど。

「や、やはり、その、用事の度に、あそこで待っているわけにも行きませんので、その……」

「あーっと、あれ？　もしかして、わたしの連絡先聞いてます？」

「……ご名答」

回りくどっ。ついさっき迷わず手を握った人がなんでここだけ顔真っ赤にしてるんですか。まあ、そういうところが阿良川さんらしいといえばらしいけれど。

「ラインのIDでいいですか?」

「は、はい。結構です。えっと、少々お待ちを。何分、会社で知り合った方とIDを交換するのは初めてなもので、あ、これか。それでは、いざ!」

斬り合いでもする気ですか。ぎこちない手つきで互いのIDが行き交った。阿良川さんはわたしのIDを確認すると、まるで勲章でも扱うかのような慎重な手つきでスマートフォンを内ポケットに収めた。

「このIDは、一生忘れません」

「忘れてもいいですから、登録だけしといてくださいね」

「……承りました」

本当に大丈夫かな、この人。仰々しすぎる返事が逆に不安を掻《か》き立てる。

「それでは、私はそろそろお暇《いとま》します。長々とお付き合いいただいてありがとうございました」

そんなわたしの不安に微塵《みじん》も気付かず、阿良川さんは会社員の顔に戻ってそう言った。

「はい、阿良川さんこそわざわざありがとうございました」

「あなたの夢を応援しています、川久保さん」

相変わらず阿良川さんは真っ直《す》ぐな目で、真っ直ぐな言葉をかけてくれる。だからわたしもついついつられて、真っ直ぐな思いを真っ直ぐに返した。

「わたしもあなたを応援しています……小説頑張ってください、黒森先生」

もちろん、言葉の後半は心の中で。

＊

河川敷の土手に消えていった阿良川さんの後ろ姿は、やっぱり草原を歩くアルパカに見えた。

わたしはその残像をしばし見送ってから草の上に腰を下ろした。夕方の風が、いい子いい子をするように、そよそよと髪を撫《な》でてくれる。

さて、今からどうしよう。夕飯の買い物の時間ではあるけれど、もう少しここでこうしていたい。

何気なくスマートフォンのカバーを開いた。ラインのアプリを起動し、同時に苦笑いも漏れてくる。阿良川さん、会社の人間とラインのＩＤを交換するのは初めてだと言っていたけれど、どうやらその言葉に嘘《うそ》はないようだ。願わくば、このまま誰とも交換しないでもらいたいものだ。

黒森港

この名前で登録しちゃったら、絶対にダメでしょう。どうやら黒森先生の受難はまだまだ続きそうだ。

「あ、そうだ」

スマートフォンを開いたついでに、ふと思い立って検索フォームに『シュワルツワルトの風』と入力してみた。紙でばかり読んでいて、Web版の方は一度も覗《のぞ》いたことがないことを思い出したのだ。

小説投稿サイトなるものは初めて見る。

『シュワルツワルトの風』は、まずど頭に簡単なあらすじがあり、そのあとに作者が書いたと思われる登場人物の紹介が載せられていた。

黒森先生が紹介するに値すると判断したキャラクターは三人。まず聖夜《せいや》、そしてシャルロッテ、あと一人は……知らないな。まだ紙の本には登場していないキャラクターだろうか。そういえば、黒森港がツイッターでやたらと呟《つぶや》いていたような気がする。書くのが楽しくて楽しくて仕方がない新キャラがいると。

「フランチェスカ……女の子か。今度こそ好かれそうなキャラだったらいいけど――おっと」

紹介文に目を通そうとしたタイミングで、スマートフォンの画面が切り替わった。

メールの受信だ。

差出人は——シスタームームー人事部。

「うそ、早っ！」

思わずスマートフォンを取り落としそうになった。

どうやらカリスマ店長の発言権はわたしが考えているよりずっと大きいようだ。え、さっそく面接？　いいの？　てゆーか、四日って明日じゃん。のんびりと座っている場合じゃなかった。これで落ちたら利奈に合わせる顔がない。

「はあ、怖っ。やるしかないぞ、千夏。一生分頑張れ、千夏！」

スマートフォンを閉じて立ち上がる。

向かい風を蹴散らすように、夕焼けに染まる河川敷を駆け抜けた。

【『シュワルツワルトの風』　前回までのあらすじ】

教会からの暗殺者を退けた聖夜。シャルロッテと共にいったん田舎町のバイトハウゼンに身を隠すが、そこにも教会の魔の手が。間一髪、二人を救った謎の婦人はシャルロッテの知り合いのようだが……。

【登場人物紹介】

聖夜

聖なる祈りに導かれ、中世のドイツにタイムスリップしたサラリーマン。ハーバードビジネススクールＭＢＡ取得の頭脳を駆使して没落したヴィッテルスバッハ家を復興させ、シャルロッテと恋に落ちる。

シャルロッテ・フォン・ヴィッテルスバッハ

ヴィッテルスバッハの家系に嫁いだ麗人。ドイツの黒真珠と呼ばれる美貌の持ち主であり、聖夜を呼び寄せた張本人。夫の失踪に関する疑惑をかけられており、ヴィッテルスバッハ家に命を狙われている。

フランチェスカ・フォン・ヴィッテルスバッハ

シャルロッテの実妹であり、数少ない味方。まだまだ幼くて色々と危ういが、芯は強く純粋で健気でひたすらに一生懸命な女の子。オシャレが大好き。

あだ名はチカ。

SS　阿良川さん、だからSNSがガバガバですって

黒森港《くろもりこう》……1分前
今からカフェに入ります。私には不釣り合いなほどオシャレで綺麗《きれい》な女性に人気のお店。正直緊張しかありませんが、勇気を振り絞って行って参ります
ちなみに、地下鉄市役所前駅の近くの『ひやわみ』というカフェです。興味のある人は是非

今日も今日とて、黒森先生のネットリテラシーはガバガバだ。

近々の予定を世界規模でカジュアルにばら撒《ま》く悪癖はいつになったら治るのだろう。

「まあ、阿良川《あらかわ》さんらしいけどね……」

無警戒というか、謙虚というか、人の善意を信じて疑わないというか。苦笑いを嚙《か》み殺しつつツイッターのアプリを閉じた。

それにしても『ひやわみ』ですか。まさか阿良川さんが自分の意思でこの店を選ぶ日が来るとは思わなかった。

壁紙、テーブル、ソファや照明はもちろんレモンの沈んだ水差しに至るまで、店内隙なくインスタ映えで固められたオシャレカフェ――わたしがCYOCO《チヨコ》さんの前で氷水を被《かぶ》ったいわくつきのあの店だ。

本当にいいお店だわぁ。あんなに迷惑をかけたにも拘《かか》わらず、店長さんは後日の謝罪を快く受け入れてくれた。のみならず、わたしの体を気遣ってくれ、何だかんだでちょくちょく通わせてもらえるようになり、今日もわたしはこうしてこのお店でハーブティーを啜《すす》っている。さて、呟きの通りならそろそろ大先生が来る頃だけど……。

別に、懲りずに阿良川さんのストーキングを続けているわけではない。

今日のわたしは、

「あ、阿良川さん。こっちです」

「川久保《かわくぼ》さん、お久しぶりです！」

阿良川さんの正式な待ち合わせ相手としてここにいる。

二か月ぶりに見る阿良川さんの顔は、やっぱりアルパカみたいで心が解《ほぐ》れた。

「では、この本お返ししますね。長い間返せなくてすみません」

三つ指をつくようにして、わたしは『萌《も》えで覚える擬人化元素記号表』をテーブルの上に滑らせた。

「いえいえ、とんでもない。私が一方的に押し付けてしまった本ですから。わざわざ持ってきていただかなくても私が家まで取りに行きましたのに」

「そんなことさせられませんよ。むしろわたしが阿良川さんの家まで返しにいかないといけないくらいで」

「いえいえ、それはあり得ません。やはり私が」

「いやいや、わたしが」

なんてやり取りをラインで繰り返した結果、中間地点として阿良川さんが指定したのがこのカフェだった。念のため、店長さんには初来店ということにしてもらっている。

「ところで、その後の波多野《はたの》技研の方はどうですか？　みんな元気にしてますか？」

「もちろん、皆さん元気ですよ」

いつかのネットの画像のように、ホットコーヒーをかき混ぜながら阿良川さんは頷《うなず》いた。

「お友達の女子社員の方々も元気ですし、田尻《たじり》さんもバリバリ現場で働いています」

「え、田尻課長が現場でですか？」

「はい。川久保さんが抜けたので誰か人を回すこともできたのですが、川久保さんの穴は俺が埋めるってきかなくて。近頃はずっと作業着で頑張ってくれています」

なんと、あのおしゃべりオジサンが。田尻課長のロマンスグレーの髪に作業着の組み合わせがどうにもピンとこない。新しい人を入れようとしないのはわたしの帰りを待っているから、なんて考えるのは自惚《うぬぼ》れが過ぎるだろうか。

「川久保さんの方はいかがですか？　新しいお仕事はやはりお忙しいですか？」

「はい。めっちゃこき使われてます。でも、楽しいです。入れたこと自体奇跡ですし、友達のコネ入社だから頑張らないと」

「コネ入社だなんて。そんなことはありませんよ」

持ち上げたコーヒーカップをソーサーに戻し、目を見開く阿良川さん。

「調べさせていただいたのですが、シスタームームーの親会社である株式会社ユージンは創業も古く、最大手と言ってもいい位置の企業です。そんな会社の傘下ブランドがコネだけでデザイナーを選ぶことなどあり得ません。全て川久保さんの努力と実力の賜物《たまもの》です」

ああ、久しぶりだな、この感じ。真正面から褒められる気恥ずかしさと嬉《うれ》しさを噛み締めながらわたしはハーブティーを一口啜った。


二か月ぶりに会うから少し緊張していたけれど、それも顔を見るまでだった。

わたし達は他愛もない話に花を咲かせ、あっという間に一時間が過ぎていた。久々に会う元仕事仲間の二人が過ごすには十分な時間、喫茶店で一つの飲物だけで過ごすにはギリギリの時間――。

「いやあ、それにしても川久保さんがお元気で何よりです」

それでも阿良川さんは席を立とうとしない。

「本当に……げ、元気で何よりです……本当に……元気で……うん」

かといって、これ以上会話を膨らませるつもりもないらしく、落ち着かなげに中身のなくなったコーヒーカップをソーサーの上でクルクルと回している。

待っていても言葉が出てきそうにないので、わたしはメニューを開いてみた。

「でもこのお店、本当に素敵なお店ですね。軽食も充実してるし。あ、サラダ美味《おい》しそう」

「サ、サラダ？　サラダにご興味がありますか！」

突然、眼鏡を吹き飛ばす勢いで顔を上げる阿良川さん。

「ビックリしたぁ。急に大声出さないでくださいよ」

「は、すみません。し、しかし、サラダにご興味があるようでしたので……」

「そうなんですよー。最近忙しくて食生活がボロボロで。しっかりお野菜食べたいんです。でもお昼ご飯食べちゃったからなー。今食べるのはキツいなー。また後日にするかなー」

「そ、それでしたら良《い》いお店を知っています！　もちろん、ここのサラダも素晴らしいですが、そこは有機野菜の達人といわれるシェフの店でして、主にディナーに定評があります！　ご、ご、ご、ご興味……ありますか？」

「あります」

「そ、それでは、今度！」

「今度？」

「こ、こ、今度……こここ、今度……」

「はい」

「今度、今度、今度……URLをお送りします」

そうじゃないでしょ、阿良川さん。

「——むぐっ」

リアルでむぐぐなんて言う人を初めて見た。URLを送ると約束した阿良川さんは、何かの懺悔《ざんげ》のように奥歯を嚙みしめ、またぞろコーヒーカップを回し始める。

仕方がないので、わたしはもう一度メニューを開いてみることにした。

「ケーキも美味しそうですねー。ケーキくらいなら入るかもー。あー、でもタルトがないのかー。残念」

「タルトがお好きなんですか！」

だから、声大きいですって。

「先ほど言ったお店はタルトが名物の一つなのです！　珍しいフルーツ野菜のタルトでして！　ご興味ありませんか？」

「あります」

「よかった！　それでは今度――」

「今度？」

「こ、こ、こ、今度……こここ、今度……」

こここ、今度？

「……ＵＲＬをお送りします」

もうっ！　これが最後ですからね。

「ありがとうございます。メール待ってます。じゃあ、そろそろ行きましょうか」

そう言って、わたしは伝票を手に取って立ち上がった。

「あ、ここは私が――」

「いいえ、わたしが本を返したくて呼んだんですから、ここはわたしが払います。心苦しいなら次の機会にお支払いお願いできますか？」

「次の機会、ですか？」

「はい」

「…………次の機会？」

ほら、今ですよ。阿良川さん。

「そ、それなら今度！」

「今度？」

「こ、こここ、今度！」

いいから。早く。

「お、お……お食事でも……い、い、い……いかがでしょうか？　か、か、か、川久保さんさえよければ……是非」

「はい、こちらこそお願いします」

「ありがとうございますっ！」

これ以上大声出したらお店出禁になっちゃいますよ。なんて、無粋な言葉も言えないくらいの全力の笑顔で阿良川さんは両の拳を握り締めるのだった。

「それでは、今日はありがとうございました。また連絡いたしますので！　必ず！」

阿良川さんの上機嫌は店の外に出るまで続いていた。帰りはJRと地下鉄に分かれるので店の前で解散ということになる。阿良川さんはしつこいほどありがとうを繰り返しながら、意気揚々と改札に向かって行った。

ふう。色々もたついたけれどこれで一件落着だ。いっそのことわたしの方から誘っちゃったほうが早かったかな。まあでも、ここは阿良川さんの決意を尊重するということで。

雑踏の中、頭一つ飛び出た後ろ姿を見送りながらスマートフォンを開いた。黒森港のツイッターにアクセスし、昨日から何度も覗《のぞ》いた呟《つぶや》きを改めて遡《さかのぼ》る。

黒森港……………1日前
皆様大変です！　私、明日、急遽《きゅうきょ》女性と会うことになりました！　私事で申し訳ございません。取り乱しています。とても自分一人の胸の内にしまっていられません。二か月ぶりに会う、本当に本当に、素敵な方なのです

黒森港……………1日前
リプライありがとうございます！　仰《おっしゃ》る通り私の方から次のお誘いをしようと思います。知人からいい店を紹介してもらいました。野菜とタルトが自慢の店だそうです

黒森港……………1日前
緊張で眠れません。お察しの通り人生で初めて異性を食事に誘います。野菜かタルト、どちらか好きだったらいいのにな。どうか成功をお祈りください

黒森港……………8時間前
私は何を舞い上がっていたのでしょう。やはり、誘うのはやめにしておきます。私のような者に誘われても迷惑なだけでしょうから

黒森港…………7時間前
やはり誘います。ここを逃せばもう会えないかもしれない。皆様、勇気をください

黒森港…………2時間前
今から家を出ます。やはり皆様の勇気は皆様のためにお使いください。私は私の勇気でお誘いします、必ず。会えるのが楽しみです

黒森港…………1時間前
やっぱりやめようかな……

これを事前に見せられて、わたしはどうしたらいいんですか。

遠目にすら上機嫌がうかがえるアルパカが、改札口へと続く階段を下っていく。その後ろ姿が完全に地下に消えた瞬間、

「よ――しっ！」

我慢しきれなかったというふうな歓声が階段口から飛び出して来た。

……だから、声が大きいんですって。

あとがき

初めまして、教山《きょうやま》ハルと申します。

この度、魔法のiらんど大賞2021小説大賞キャラクター文芸部門で特別賞をいただき、こうして皆様に作品をお届けすることができました。嬉《うれ》しいです。まるで夢のようです。選考に関わってくださった方々、刊行に携わってくださった方々、そしてここまで読んでいただいた読者の皆様、本当に本当にありがとうございます。

この喜びと驚きをどのような言葉で伝えればよいものか、私にはわかりません。正直なところ自分が賞をとれるなどとは欠片《かけら》も想像しておりませんでした。せっかく書いた小説だし誰かの目に留まれば嬉しいなーくらいの気持ちでアップしたものでしたから、一次選考・二次選考を通過したというメールをいただいても、「まあ、次で落ちるよね」としか思えませんでしたし、最終選考に進んだと知らされても、「ここまで進めただけで上出来だよね。この喜びを次に生かそう」と勝手に気持ちを切り替えていたので、受賞の知らせを聞いた時は茶碗《ちゃわん》を噛《か》み千切るほど驚きました。

さて、今回の作品は理数系科目に縁のなかった主人公が、異世界ともいえる鉄鋼会社に放り込まれ悪戦苦闘するという導入から始まります。かく言う私も高校大学とガチガチの文系で育った人間でありまして、理数系の知識は学生時代からサッパリでした。元素記号は「水兵リーベ僕の船」という文言しか覚えていませんでしたし、赤外線は赤色、紫外線は紫色をしていると思っていましたし、湿度が百パーセントを超えれば町は水没するものだと思っていました。

とにかく恥の多い人生を送ってきた次第です。

そんな私ですから、いい大人になった今でも奥さんのお小言は絶えません。

家に帰れば毎日のように、やれ「コンビニ袋を所定の棚にしまっていない」とか、やれ「飲んだ後のペットボトルが出しっぱなしになっていた」とか、「雨降りなのに窓が開けっぱなしになっていた」など言ってと怒られてしまいます。どれもこれも反論できる類いのものではありませんので、私はただただ謝るしかありません。

そして、そんなだらしのない私にも、奥さんはちゃんと美味《お》しい晩御飯を作ってくれます。ありがたいことです。

お小言を終えた奥さんは、夕飯を頬張りながら色んな話をしてくれます。

「近所のスーパーですっごい恥ずかしい失敗してもーた」と言っては笑い、「スーパーの帰りにありえないくらい乱暴な運転をする車を見たわー」と言っては怒り、「絶対買おうと思っていたラー油をまた買い忘れてしもた」と言っては悔しがり、喋《しゃべ》る分だけご飯を食べます。奥さんにとって喋ることと食べることはほとんど同義語であるようです。私はそんな奥さんを眺めているのが大好きです。

そして、喋るだけ喋り、食べるだけ食べて満足した奥さんから食事の最後に、「そういえば、何かメール来てたで。特別賞とってたわ。よかったね」と、物のついでのように告げられて、ご飯茶碗を噛み千切るほど驚きました。

いや、本当に。どこの世界に世間話の流れで人づてに受賞を知らされる人間がいるのでしょう。この時に味わった感情を表現できる言葉を私はまだ知りません。多分、一生知ることもないでしょう。

そんなこんなを経て出来上がった、『アルパカと魔法使い』。拙いものではありますが、私の渾身《こんしん》の作品です。魔法のｉらんどにアップしているものから大幅に変更修正されていますので、すでにご覧になった方でも十分に楽しんでいただけるものに仕上がったと自負しております。この本が皆様の本棚の片隅に収まり、二度三度と読み返していただけることがあればこの上ない幸いです。

ここまで読んでいただきまして本当にありがとうございました。

最後になりましたが、未熟な私に辛抱強く付き合っていただきました担当編集様と、素敵なイラストを提供くださいました姐川《そがわ》様に特大の感謝を捧《ささ》げまして、あとがきの締めとさせていただきたいと思います。

誠にありがとうございました。

教山ハル

本書は、魔法のiらんど大賞2021小説大賞キャラクター部門賞特別賞を受賞した「アルパカと魔法使い」を加筆修正したものです。

この物語はフィクションです。

執筆にあたっては、複数の書籍やウェブサイトを参考にしました。

お便りはこちらまで

〒一〇二―八一七七
富士見L文庫編集部　気付
教山ハル（様）宛
姐川（様）宛

富士見Ｌ文庫

アルパカと魔法使《まほうつか》い
理系上司《りけいじょうし》の裏《うら》の顔《かお》は小説家《しょうせつか》でした

教山《きょうやま》ハル

2022年11月15日　初版発行

発行者　山下直久
発　行　株式会社 KADOKAWA
〒102-8177　東京都千代田区富士見2-13-3
電話　0570-002-301（ナビダイヤル）

印刷所　株式会社暁印刷
製本所　本間製本株式会社
装丁者　西村弘美

定価はカバーに表示してあります。　◇◇◇

ISBN 978-4-04-074760-6 C0193